# 那，下雨的日子

多娜 著

博客思出版社

# 目次

# 雨，在飛舞

她在雨中起舞，
也在雨中墜落……

# 雨，在飛舞

小雨挪動身子背部發熱的位置，變換成側臥的姿勢，不一會兒又翻轉身，接著下一秒又以大字形仰躺，翻來覆去只是企圖想把睡眠的時間再拉長些，但到最後仍是徒勞無功。

不情願地坐起身，氣惱地瞪視從藍綠色碎花窗簾透照進來的晨光，伸出手半掀起簾布，光線刺激著甦醒的視覺，沒想到今日的陽光像是被鑲上了金粉般，實在讓人難以直視它的光亮。她坐在床上恍惚出神，直到手機預設的起床鬧鐘無預警響起，才緩緩掀開被子，下床走進浴室內盥洗，然後出門往打工的咖啡館出發。

小雨，並不是她的名字，而是男朋友小歐對她的暱稱。因為小歐說她身上總有著一股淡淡的愁緒，就像只有在雨天才會出現的潮溼氣味，但這並非意味著使人覺得反感；而像是一抹在空氣中飄浮雜質被洗淨的清新感。縱使它是這麼的潔淨純粹，但同時卻又令人感到莫名的傷感。所以小歐總是喚她小雨，常倚在耳邊對她說：

「你是雨天的孩子，而我只能活在你的傘下，為你接住那一顆顆沉重落下的雨珠。」

他們相遇是在雨天，在一間被雨打溼的咖啡館裡，那是小雨在咖啡館打工的第一個日子。下雨天裡的咖啡館所販賣的咖啡，總是特別令人迷醉暈眩。在此之前小歐便是咖啡館的常客，平日學校如果沒有課的話，他大多時間就會窩在那打打報告整理資料，甚至埋首書中就是半日時光。

兩人的視線在一杯咖啡的香味中交會，日子就在咖啡杯中堆疊累積下來，倆人就這樣自然而然地膩在一起，沒有誰先開口沒有誰先表明，單純只是因為喜歡在一起而在一起，就像在咖啡裡注入牛奶那樣的美味。

假日早上九點，小雨動作迅速俐落地把店內環境打掃乾淨，將咖啡豆倒入磨豆機內，打開咖啡機的開關。剛開始小雨實在受不了這些繁瑣零碎的雜事，等到後來漸漸上手後，倒也挺喜歡這份咖啡館的打工工作。雖然她並不特別嗜喝咖啡，卻瘋狂迷戀上煮咖啡所飄散出的香味，那瀰漫在空氣中的味道，每次她都只能臣服於其中沒辦法逃離，無可自拔地深陷進去。演變到後來，她真的愛上這間咖啡館，甚至還打算要一輩子守在這間咖啡館裡；也發誓要守著比她還痴迷這褐色液體的他，她有信心會有一生一世的時間，對他不會感到厭倦，絕對不會！

接近中午時分，一名穿著一襲白色長裙、灰色背心、踩著帆布鞋、肩挑黑色皮革大包包的纖瘦女子，腳步輕快地走進店內。她，有著一張極具中國味的臉孔，一雙鳳眼、小巧朱唇嵌在削瘦的瓜子臉上。她是位深具魅力的女人，也是這間咖啡館的老闆——Joy。她的性格就如同她的名字，是一個會帶來歡樂的可愛女子，雖然已屆而立之年，但過度樂觀開朗的個性，常常讓小雨驚嘆不已，搞不懂她身上源源不絕的活力到底是從何而來？

不過小雨卻是真心地喜歡、欣賞這個老闆。或許也是因為個性迥異使然吧，小雨羨慕她如晴天般的陽光性格。咖啡館裡小小的空間，處處可見Joy精心打造出英國鄉村風格的典雅擺設，店內的幫手就只有三位女子，Joy、小雨，和另一位成員──圓圓。

圓圓是位很有個性美的女子，因為自我主觀意識強烈，絲毫不顧家人們的反對。白天工作晚上則在補習班努力奮鬥，就只為了要圓自己的堅持，成為一名頂尖的服裝設計師。平日白天是圓圓的上班時段；到了晚上和假日則是由小雨來接替。

下午二點多，店內六張小桌子仍是座無虛席。雖然菜單上的選擇性不多，主要是以咖啡飲品為主，以及販售三明治、沙拉、鬆餅，這些製作簡便的輕食，但上門的客人還算是不少呢。屋外炙熱的驕陽瞬間被披上一簾黑幕，不一會功夫，雨勢挾雜霧氣降臨了下來。此時店內正播放著麥可布雷的英文歌曲「Home」，店內的客人不在意地瞟向外頭的雨勢，然後又立刻墜入自己的私人國度氛圍，好像除了這間咖啡館以外，其他的事物都不是自己所接觸到的真實，事實清楚說明他們並不在乎這場雨。

而Joy正專心地計算帳簿上的數字；店內唯一注意到雨中風景的，就只有小雨一個人。她望著窗外原本乾涸的地表頓時被染成潮溼，豆大般的水滴俯下衝擊地面，地上的水灘便形成短暫性的小型窟窿，那間歇性的畫面莫名吸引小雨的目光，就像一塊海綿把外頭那些雨水窟窿全吸進了體內。這時，一個身影閃過她的視線，迅速推門而入，來者正是小歐。

「你怎麼溼成這樣呀？」

小雨語氣裡盡是不捨，一旁聞言抬頭的Joy，連忙入內拿了條乾淨的毛巾遞給小歐：「你怎麼沒找地方避雨，小心感冒了。」

Joy和小歐早在小雨之前便熟識，主要是小歐時常上門光顧，見面次數增多，倆人的感情就像是姐弟般。

「謝了。因為想喝杯咖啡，所以就過來了，沒想到突然下起雨來。想說快到店裡，於是就這樣跑了過來。」

邊說邊擦拭滴著水的黑色髮絲。適時端來熱拿鐵的小雨，順手抽了幾張面紙抹去掛在他臉上的水漬，忍不住又說了他幾句。小歐笑著用眼神來回應女友的關心。那張略帶責備的神情，和他第一次看見她的模樣如出一轍。

記得那天晚上他和朋友相約在咖啡館見面，因為隔天他必須交出一份報告，所以提早抵達咖啡館來整理資料。當第一天上工的小雨，戰戰兢兢地送上所點的熱香草拿鐵時，見到散亂一桌子的書本紙張，根本就找不出空間可放上手中的咖啡；而太過專注於電腦螢幕上的小歐也沒注意到，當小雨出聲喚他時，就是現在這個表情。當時他實在不懂這名可愛的女生怎麼會如此沒禮貌，Joy花錢請她來難道不怕砸了自己的招牌嗎？

直到後來接觸的頻率漸增，他才明白這個女生竟是如此地多愁善感，藏在那張天真笑臉下的是一顆纖細的心、是一份令人感動的溫柔，他就這樣愛上了她。愛上她猶如在天空中飄漫的羽毛般輕柔；愛上她總是不經意挑動他內心所淡忘的悸動，她就像是一場雨季為他帶來生命的滋潤甜泉。

拉下她停在臉上的手，用雙手輕輕地包覆住，細細撫觸那皮膚底下的線條，小歐低頭望著這兩隻手交疊的畫面，淡淡說著：「今天起床時，突然好想握住這隻手，想感受這隻手的溫度。本來想打電話給妳，最後還是決定來看看這隻手的主人，因為我更想念眼前這張臉龐。」

小雨抿直的嘴角瞬間漾開了笑。沒錯，這就是她所認識的小歐，總是這樣自然而然地表達自己的感情，沒有掩飾沒有矯情，不著痕跡順著心的形狀用柔情將之包裹起來，這份真性情是她所渴求的。可她偏偏就是做不到這般灑脫，沒辦法把自己的情感赤裸裸地呈現在別人面前，即使是在小歐面前，她仍有所矜持。

小雨知道這並非因為身作女人的教養認知，而是她真正無法跨越過去那段距離，覺得只要失去了這一道屏障，她就會傷痕纍纍，無法在這世界安穩地活下去。為什麼自己會這樣呢？她總是不斷地自問，努力回溯從前卻找不出一點蛛絲馬跡，最後就這樣歸給了天性，這是多麼天經地義的答案，沒有人會在後面窮追不捨、賦予太多莫虛有的臆測。小雨不知道這樣的自己到底算不算快樂，然而承認這樣的自己卻很自在。

小雨用搖控器按下鐵捲門，這幾天一到晚上，天空就會飄下毛毛細雨。撐開傘走進雨中，突然對街一抹熟悉的身影躍入眼尾，一轉頭便對上了小歐高瘦的身影。他正朝她這邊奮力揮著手，深怕女友沒有發現自己的等待，小雨停下腳步立在原地等待。這陣子每當看著他朝自己走來，小雨的胸口就會流竄一股膨脹的溫熱感，好像快把心給撐開來，整個人暈暈然。只要定定望著他，就會感到心中泛起陣陣的悸動，小雨不知道原來自己竟是這樣迷戀著他，真的不知道原來自己可以這麼愛著一個人，從來不知道啊。

她相信愛上一個人就是這樣地莫名其妙；為了等待一個所愛的人，所願意守候的漫長歲月也是沒有原理可尋。她相信這世上是真的存有真愛，而它的面貌就是奶奶那張輪廓。

自小她就是由奶奶帶大的，爸媽因工作忙碌，所以家中通常只見婆孫倆走動的身影。上小學那段冗長的歲月，每天幾乎是由奶奶牽著她的小手，步行約十分鐘的路程到學校報到。

而小雨就算走進了校門口，還是習慣再次轉身朝大門外的奶奶揮手道別，因為知道奶奶一定會掛著閑靜溫柔的笑容，等待孫女的身影消失不見。放學回到家中，便是小朋友最愛的點心時間，小雨知道奶奶從不會讓她感到失望，綠豆湯、檸檬愛玉、鯛魚燒、泡芙、蛋糕、冰淇淋⋯⋯不論是自製或是從外頭買來，小雨對廚房餐桌上所擺放的點心，可是抱著高度的期待。

奶奶常常會坐在院子裡的搖椅上，引頸翹首地望向大門口，好像在等待著什麼。她對小雨說：「我是在等爺爺回家來。」小小年紀的她不明白，為什麼爺爺這麼長的時間還不回家？

打從有記憶以來，就不曾看過家人們口中的那位爺爺，但隱約明白這位爺爺一定是個很偉大的人物。因為就算他不在這個家，可是爸爸、媽媽還是很尊敬他；奶奶還是很想念他；而小雨也開始期待能看到這位爺爺的出現。然而日復一日、年復一年，她上了國中、進了高中，爺爺還是沒有回來。奶奶的思念就這樣被一天天逝去的歲月所吞噬，直到奶奶過世，她的思念才真正隨著她埋葬在黃土底下。於是小雨怨恨起這名傳說中的爺爺，當她站在奶奶的床邊，緊握著那隻無力孱弱的手，撫摸著已蒼白稀疏的髮絲，止不住的淚水，句句叫喊出聲的挽留，這些奶奶早已聽不清辨不明，但在她的口中還是喃喃叫著爺爺的名字。

那一刻，小雨是如此憎恨她的爺爺，希望他陪著奶奶消失在這個世界上，下十八層地獄償還對奶奶的虧欠。但當奶奶真的不在人世時，小雨卻像是承接了奶奶對爺爺的思念，莫名地日夜想念這不曾謀面的爺爺。甚至會走進奶奶生前的房間，望著梳妝台上他們倆的合照發愣，她體內的思念不住地湧現而出，不僅是對爺爺，其中還包含著對奶奶的分量。這樣的情感把她擠壓地鬱鬱寡歡，心裡沒有多餘的空間來容納其他的東西。

她覺得好累好累，常常沒來由地淚水就奪眶而出。有時是走在路上，就算會引人側目，她也控制不了；有時是在課堂上，即便招來同學們的關心猜測，她也只能無語的啜泣；有時是在用餐時，不論飯菜沾染淚水的味道有多鹹，她卻倔強地不肯放下筷子。這樣的日子直到某天，接起一通響起的電話才被宣告結束。

假日的清晨，父母還在睡夢中，小雨則在廚房張羅早餐。當電話聲劃破早晨的寂靜，她急忙小跑步到客廳接起：「喂，找哪位？」

「喂，請問…」聞言想像著對方應該是上了年紀的老伯。

「請問那裡是不是XXX的家？」乍聽爺爺的名字，況且還是初次由外人提起，讓小雨心中頓時升起了驚慌感，身體也不知所措地蠕動著，停頓了一會兒才怯懦應允。

那陌生的男聲再度開口：「是這樣的，我是XXX的朋友，前些日子他心臟病發，在醫院過世了，因為他有交代一定要聯絡到他太太，所以我才…」小雨的咒恨真的成真：「爺爺死了！」當她和爸媽去醫院接回爺爺時，才得知這麼多年來，爺爺一直在深山裡的一所小學任教，和另外一名原住民女子。

原來爺爺並不愛奶奶，當初那樁婚姻是奉著父母之命。當終於看見自己的兒子成家立業後，爺爺毅然決然地上山實現心中的理想，為山區的小朋友授業解惑。也這樣遇見了他此生至今的真愛，雖然對奶奶感到愧疚抱歉，但他選擇了用音訊全無的方式來減低對太太的傷害。

這一場婚姻到底是用什麼表情劃下句點的呢？沒有彼此真誠的對待；也沒有賺人熱淚的團聚；更沒有執子之手的相依相戀。小雨真的不明白這樣的婚姻造就了什麼幸福？是奶奶自以為是的痴戀？是爺爺有勇氣追尋自己的真愛？是奶奶在漫長等待的思念？是爺爺刻意隱藏蹤影的保護？

這些難道就是一場婚姻該有的上演戲碼嗎？小雨甩了甩頭，她沒辦法得到答案，也已無從得知了。走出醫院，向父母刻意編說了個藉口，然後獨自前往奶奶沉睡的所在。腦海中被奶奶坐在搖椅上等待良人歸來的畫面所佔據，她現在只想和奶奶說說話，讓她知道爺爺回來了，告訴她不用再等待了。站在簇新的墓碑前，天空陰濛濛，像是烏雲將這個世界團團地包圍住，鳥沒有在叫，樹沒有在動，風沒有在吹，草沒有在搖，而她的淚水卻在流。

「奶奶，爺爺真的回來了。他將永遠待在妳的身邊，不會再離開，你們會永遠在一起了。」

小雨轉身用雙手掩住自己掉淚的這張臉，不願讓奶奶看見她在哭泣的表情。這時，雨就這樣滴在她腳邊的泥土上，一串串地落在她的頭髮上、臉頰上、肩膀上、包包上、布鞋上和淚水中。落下的水珠瞬間渲染開來，在那些地方留下了潮溼的印子，卻莫名地觸動了小雨的感官知覺，身上所承載的包袱，一下子被輕而易舉地挑解開來，讓原本被藏匿禁錮的千思萬緒，像是被開啟匣門般，如萬馬奔騰傾洩而出的大洪水，突如其來的襲捲衝擊，竟將小雨的抑鬱感全部刷洗乾淨，不留一絲一毫的殘跡。小雨再也忍受不住，在墓碑前跪坐下來痛哭失聲。

從她冰涼的指縫中流出的淚水，和不停堆疊下來的溼冷雨水，全歸給了大地。半晌，雨勢驟停，眼淚也停歇了。空氣中原本冷冽的氣溫，漸漸隨著陽光灑射下來的光線而升高。不一會功夫，太陽從烏雲背後露出臉來，光線一下子取代了覆蓋在大地上的黯淡，也照射在小雨的背上，慢慢滲透進她的體內，一點一點地注入熱能，把心口照得暖哄哄。這個世界在雨水和淚水交織中形成了一層薄膜，讓人無力穿透過去，只能沉溺在這片汪洋中，浮浮沉沉地漂流一生。

她忘情地大喊：「奶奶，您幸福嗎？您過得幸福嗎？奶奶：奶奶：您幸福嗎？幸福嗎？？……」那聲音回傳到她耳邊，似乎同樣在詢問著小雨：她覺得奶奶幸福嗎？

轉身注視石碑上頭刻劃的字體，這時鑽入她腦中的是，奶奶那張向她低敘對爺爺思念之情的容顏，那眼角的皺紋把笑意襯托地更加迷人，話語中輕柔口吻滿是對爺爺的深刻愛戀，望向孫女的眼神好像已穿透了那段遙遠的距離，看見了她所想念的彼人。那張面容上是多麼幸福的表情，她怎會遺忘得了呢？原來答案奶奶早就說明，她怎會如此糊塗忽視這份至死不渝的執著呢？抬頭望向雨過天晴的藍天，突然覺得心中舒暢無比。

至今她還記得那天清澈的藍天景象，是那麼的美，美到她無法從心中抽走任何一樣屬於那天所存在的事物。而此時小歐已來到她的面前，那抹笑容就像是剛烤出來的鬆餅，淋上甜膩的蜂蜜般令她迷戀不已。小雨心想或許她的血液中遺傳了奶奶所執拗的愛情基因吧。

放學回家的路上，小雨腳下那雙白色的夾腳涼鞋，一步步踩過地面濺起漣漪的水灘。已經一連下了好幾天的雨，空氣中盡是潮溼的氣味，就連學校響起的鐘聲，似乎都挾帶著鬱悶的無力感。小雨心想或許就如小歐所講的，她說不定真的是雨的孩子，因為比起其他天氣，她更喜歡雨天。

尤其愛極了天將降雨的時刻，那是屬於她的幸福時刻。空氣中不斷蔓生出淡淡雨水的氣味，緩緩地將屬於它的氣息丟給了這個世界，沒有分界全然無差別的愛，就這樣輕而易舉地降臨在這片土地上。緊接著便是一場贖罪般的洗練，沒有證人沒有所謂的儀式，只有偌大的全面來臨，然後人們就在這片雨海中，安靜閱讀著萬物的哲理以及片段的真善美。

小雨在人行斑馬線等待綠燈亮起，秒數在往前倒數，43、42、41、

40、39、38、37……在這個十字路口等待通過的行人只有她；而等待雨勢過後天氣放晴的卻是整個世界。雖然這條馬路上，此刻並沒有任何車輛在行駛，在這個路口處的也只有小雨一個人，但是她還是習慣等待綠燈。那是一股莫名的安心，是為了預防真的發生事情時，自己可以有理直氣壯的立場；可以有不被輕易覆蓋過去的氣焰。她不喜歡所堅信的原則被人抹煞、推翻，她想要擁有足以捍衛它的力量。

她必須相信自己所相信的，否則當誘惑一旦入侵，就像是所完成的畫作被人撕毀，她得需要擁有極大的力量才能再完成另外一幅。就像是認同奶奶等待的幸福；認同Joy對咖啡豆的嚴格挑選；認同圓圓對夢想的決心；認同對小歐不變的愛，一份永恆的認定，就像這個世界必定同時存在著晴天和雨天……

晚上下起了滂沱大雨，咖啡館內沒有幾個客人上門，於是Joy便決定提早結束營業。小雨接受了Joy的建議，換上店內的輕便雨衣。一推開大門，雖然沒有撲面而來的強勁風勢，但雨卻下得猛烈，令人不由得心生怯意。小雨一步步踩穩腳步，在雨水垂掛而下的世界裡，踏出回家的路。帶有衝擊力道的豆大雨滴，把她所撐起的雨傘拍打得聲聲作響，雖然雨天外出做什麼事都顯得綁手綁腳；也不時會露出狼狽尷尬的為難，大致上來說雨天算是個「多事」的日子。

但小雨卻喜歡雨中的寧靜世界，深深感覺到這世界一無所有的可愛。原本喋喋不休的世界，頃刻間只獨自留下雨音，公平且強行霸佔了人類生存的空間。小雨喜歡這份雨中的靜謐，不論處在什麼地方，即便身旁傳來震耳欲聾的聲響，她的心情就是能不受影響，輕輕地悠遊在雨中不容置疑的寧靜；隨著雨滴落在地面的瞬間，她的心就能感受到那微微盪漾的漣漪。

街道前方轉個彎，她家就在那十分鐘內步行可到的地方，這段離家咫尺的距離，也是她喜歡在咖啡館工作的原因之一。順著住宅大廈轉過彎時，她倏地倒抽了一口氣，恐懼從心口擴散到全身。前方約50公尺處倒臥著一具軀體，是一個真實的血肉人體。

她朝四周打探張口大聲喊著救命，連忙掏出手機按下119叫救護車。道德早已超越害怕的邊界，她上前走近查看，這時注意到倒在傷者一旁歪曲撞毀的機車，當她視線落在車牌號碼的那一秒，立刻衝向前去。

扶起趴臥在地面的傷者，當那張臉出現在小雨眼前，世界已是天崩地裂了。她朝著一旁的住戶大喊救命，用盡全身力氣在雨中大聲嘶吼祈求一份希望，時間裡所逝去的每一秒對她而言，就如已幻化成流淌的一滴滴鮮血，龐大的恨意在她心裡滋長。

為什麼救護車還沒到？為什麼沒有半個人出來？為什麼是小歐？為什麼⋯⋯？小心翼翼地輕撫懷中那張臉龐⋯

「小歐，你醒醒，不要嚇我，拜託你快點睜開眼睛，我是小雨啊。求求你不要嚇我～～不要丟下我一個人，求求你睜開眼睛看看我，小歐～～小歐～～」

救護車由遠而近的刺耳緊急鳴笛聲，在雨中格外顯得淒涼、扣人心弦啊。走出醫院，外頭仍持續下著雨。小雨身上沒有任何遮蔽物，就這樣闖進雨陣中，從背後看上去就像是一具和雨幕融合在一起的幽靈，逐漸隱去屬於她身體的輪廓。

小雨拖著沉重的腳步，漫無目地向前走著繞著，整個腦子裡一片晃白，什麼也想不起來，就連溼冷的雨水拍打在她臉上，一點痛楚的知覺都沒有。突然雙腿發軟一個踉蹌跌倒在地，「啪」一聲濺起了水花。這時小雨好像又尋回了某段記憶，觸動了體內深層的開關，竟開始嚎啕大哭。臉上即使交織著雨水和淚水，但還是可以分辨出它們的不同，因從眼角滑落的水分，有著淡淡的溫熱和巨大的痛楚。

小雨覺得自己快要不能呼吸，感覺心臟像是被人用細針扎了好幾下，流出的血液讓她幾乎無法承受那劇烈的疼痛，整個人快要昏厥過去。她所留下的淚水滑落到地面，和雨水結合在一起，將她團團地包覆住。她瑟縮的身子就這樣停留在透明的雨幕中，靜靜地等待奇蹟，等待小歐的醒來⋯⋯

小歐走了。永遠消失在小雨的生命中，在另一個世界展開他的新生活。小雨根本沒有辦法接受，小歐就這樣離開這個世界，沒有告別、沒有傾訴、沒有任何足以能夠留下來的一絲一毫，他在小雨看不見的地方憑空消失不見了。把他們之間累積下來的感情，毫不留情地虛擲在半空中，沒有落下或飛揚，而是蒸發不見了。

當她看見小歐躺在血泊中，雨水將地上的血漬積成了血灘，鮮紅色的液體慢慢變成淡紅色，最後化成了透明的雨水。那屬於小歐體內的血液，就這樣輕而易舉地在她眼前被雨水給吞噬。她不知道自己可以去憎恨誰，那場車禍沒有肇事者，流逝的只有小歐還年輕的生命歲月。她永遠也不會瞭解那天晚上小歐怎麼會撞上路邊的電線桿？

不會知道那天小歐騎著快車飛奔到她家是為了什麼事？更不會懂得為什麼小歐要丟下她一個人？好多事小雨不知道該去跟誰要一個答案。一個可以令她感到心安的解答。

當事情發生後，Joy用遍各種方法想要聯絡上小雨，可是學校說她沒來上課；家裡也說找不到人；朋友們紛紛焦急地在找人，小雨好像隨著小歐消失在這個世界上。直到一個月後，小雨面容憔悴地出現在咖啡館內，Joy一見到她冷漠虛晃的眼神時，她知道，小雨是真的隨著小歐離開這世界了。

Joy試過各種方法，企圖將她拉離小歐逝世的黑潮沼泥，但小雨就像是心死了一樣，面對任何事不再有喜怒哀樂的情緒起伏。慶幸的是屬於她的日子仍照常在運轉，一樣到學校上課；照常來咖啡館打工；家人們的關心還是會回應。大致上小雨的確是好好地在生活；她生命中的時間還是在宇宙間一分一秒地流向過去。只是這具大夥們所熟悉的軀殼，失去了與他們之間的連結，有了無法靠近看不清彼此的透明隔閡。明明就在身邊，明明是交情匪淺的友誼，但他們卻不知該如何和小雨相處，竭盡所能想幫助她走出傷痛，用更多的愛來療養她的傷口，但是付出的愈多，所得到的失望卻愈沉重。

以為或許只有時間能夠讓她淡忘失去的悲痛，他們賭上了時間這張王牌，只求能贏回所認識的小雨。當逝去時間的單位由星期累積到了月、換成了年，他們一個個垂頭喪氣地起身離開，只因為明白了。原來小雨所受的傷竟是那麼嚴重、那麼難以抹滅。

在小歐去世快屆一年五個月的某一天，一位和小歐交情甚篤的朋友，帶了一名陌生男子走進咖啡館，那男子自稱是某某出版社的企劃部經理，伸手遞出一張名片。當小雨聽完男子此行的來意後，從他手中接過一本書，上頭嶄新的書面說明著它才剛剛問世，書本封面是一隻蝴蝶在雨中振翅飛舞的優美插圖。

那是小歐親手寫的書，是為了她所寫的故事。原來小歐打從認識她後，便開始提筆寫作，打算為她寫下一個關於居住在雨之王國的女子，勇敢追求自我、找尋真愛的故事。當她翻開序文，一句「獻給我所愛的小雨」的字樣躍進眼底，她的眼淚頓時潰堤，所包覆住她的雨幕瞬間有了裂痕，水分從縫隙間被推擠了出來，一顆顆緩緩地流出，當缺口被撐開，眼淚嘩啦啦撲簌地傾洩而下，雨幕被體內一股莫名的力量給奮力撕扯破裂開來。

小雨怎麼也抑制不住，亦顧不得對面兩位男士不知手措的慌亂目光，只有任憑串串淚珠不斷地滴下。吧檯內的Joy拭去眼角溢出的淚水，趨前解除小雨的窘境，送走了兩個男人，留下她一人緬懷所深愛的小歐。回到家，小雨將自己鎖在房內，坐在地毯上背靠著床沿邊，做了好幾次深呼吸，撫順了自己的情緒，才翻開書頁把一字一句納入眼底。紙張上字體的油墨味道仍舊刺激著嗅覺，她一頁一頁地翻閱著，而對小歐的思念也一點一滴鮮明了起來，就像黑白畫面從最邊緣的一角，慢慢渲染上了鮮豔的色料，一小塊一小塊變成色彩繽紛的圖畫，所有蟄伏在心中的想念就像被解除的咒語，一下子在體內活蹦亂跳地四處竄溜。

小雨闔上書輕閉雙眼，彷彿還可以看見黑色睫毛在微微顫動著。她撫觸著書本的表皮，那淡淡劃過肌膚的觸感，手指上的細緻肌理游移在經過處理的平滑書頁上，那種幾近貼合的距離，可以輕而易舉地感受到彼此在這世界上的存在。

就像此刻，她可以深切感受到小歐就在她身旁，能夠觸碰到他上手臂的結實線條；聞得到他鼻息所呼出來的氣息，就在她伸手可及的距離。

這股強烈的心情在體內沸騰了起來，是被書中那些蠢蠢欲動的情感所挑起，是他、全是小歐的錯。

不該把這故事寫得如此令人動容；不該讓她看見這本書；不該讓她愛得這麼深、這麼痛。弓著身側躺在地上，抬眼看見窗外的天空披上了一層淺淡的黑，四周寂靜得讓人以為這世界也正安眠著。小雨的心思沒辦法逃脫小歐所設下的網，那些絲線將她緊緊地綑綁住，愈是想掙脫愈是被束縛得喘不過氣來。看完了這本書後，那些絲線彷彿已把她的肌膚勒出了紅痕，甚至漸漸要滲出血絲來。

小雨覺得自己快要消失不見，快要被那張網包覆進黑暗裡，連喉嚨裡想呼喊出的求救聲也歸給了黑暗所有，就如同這扇窗外的黑夜一樣。她憎恨這樣的自己，可是卻又無法自拔地愈陷愈深。她想起了奶奶，羨慕著她，因為至少奶奶還可以等待希望。

但是她沒有辦法了，親眼看見真愛在眼前破滅，她的未來還有幸福可言呢？奶奶在死前還能懷抱著等待的幸福，那她現在還能等待什麼呢？

根本不知道自己活在這世上還會有什麼意義？但矛盾的是，她也從沒想過要跟隨小歐一同離開這個世界，是不是到頭來她也在害怕『死亡』的？

小雨不明白這樣的自己，這樣拋不開傷痛地活下去，究竟是為了什麼？還是在期待些什麼呢？到底她是為了什麼每天帶著呼吸醒來，守著哀傷入睡？想著想著，漸漸地她的痛失去了知覺，靜靜地睡去。也唯有在此時，那張網才能解開對她的折磨。

凌晨四點二十七分，小雨在雨聲中醒來，從窗外吹進來的涼意讓她的身子忍不住瑟縮起來。外頭天色未明，黑夜尚未褪去，雨嘩嘩響地下著。她維持著睡姿，腦子裡呈現的是這一年多來鮮少有的空白狀態，此刻沒有小歐；沒有痛苦；沒有回憶；沒有情感；沒有奶奶；也沒有了自己，只有空氣中聞到的雨水氣味。這時小雨發現擺在身旁的書，其背後書皮的折頁處，竟有一行突出平滑的字體，她立即坐起身端看仔細。然後終於明白自己是在等待什麼了，是小歐想要給她的幸福，是為了能看見小歐替她帶來的真正愛情。

「就算幸福破滅，你也要重新拼湊起它的翅膀，因為它還可以再次飛翔。」

當白晝降臨，雨後的世界是那麼的可愛，萬物顯得生氣勃勃。小雨聽見了清脆的鳥啼聲，樓下晨跑者元氣十足的交談聲，廚房內媽媽張羅早餐的忙碌聲，和殘留雨珠落在鐵窗橫桿上的鏗鏘聲。這些與平常無異的聲音，在今天卻像是從音樂盒中傳出的優美弦律，一個個音符彷彿正牽引出一首動人心弦的靈魂饗宴，一切好像有了那麼一點點的不同。

她明白小歐不在了，他們永不會再相愛，心痛的感覺也不會消失，是註定要一輩子留在心頭的疤痕。但人生旅途還長遠，她需要為了自己、為了其他而努力活下去。不是什麼勉人勵志、生命誠可貴的勸世大道理，而是一份延續傳承的信念，小歐在她的生命中絕對不會只是過客，而是一座指標，是她勇於面對困境的燈塔，是她要繼續生活的力量。現在她必須再次飛翔，如同小歐書中所寫下的結局。

女主角歷經了一連串考驗磨難，遭受背叛和失去，最後承載著伊人的愛，在屬於她的雨之國度，再一次做雨天的孩子，從雨中出發，振翅飛舞。小雨閉上雙眼，腦海中依舊是小歐清晰的身影，沒有斑駁褪色、沒有被其他事物埋沒取代。對他的愛還炙烈地在胸口焚燒著。睜眼，兩行清淚跟著滑落，才發現窗外雨過天晴的藍天，好美好美。從現在起，她要帶著小歐的愛，在這世界好好活下去，不是為了遺忘，而是為了要記住她所擁有的一切。

# 在雨簾中尋見的幸福

一連串的相識相遇，
讓女學生和男老師
譜下一段有別於師生間的……

# 在雨簾中尋見的幸福

亦慈摘下眼鏡緩緩閉上雙眼，輕壓著長時間注視書上鉛字墨水字體的酸澀眼窩，往後方滑落靠在柔軟帶有淡淡玫瑰香味的枕頭上，偏頭看著床櫃旁的時鐘，已經午夜一點二十二分了。她討厭熬夜，討厭眼皮上那顯而易見的黑眼圈，討厭早上沒辦法起床的昏沉，討厭老是揮趕不走的疲累感，更討厭讓這些事不斷搾取體內所剩無幾的精力的自己。

她不喜歡現在的自己，想逃離這樣的生活，她的人生就像是一隻無法選擇的白老鼠，不停地在轉動的輪子裡奔跑，累了就休息然後又持續沒有意義的體力消耗，日復一日連自己都不明白的轉動著。她覺得好累好累，隨手關掉電燈，將虛弱的自己躲進溫暖的被窩中，眼皮好重好重好重…她依稀好像聽見屋外雨滴敲打在窗戶鋁架上的聲音，鏘、鏘、鏘…

「嘩~嘩~~」，在放學前最後一節的課堂上，教室內的學生突然喧嘩躁動了起來，抱怨聲此起彼落。

「啊，我沒有帶傘ㄋㄟ」

「討厭，怎麼下起雨來，不會晚點再下……」
「不會吧，我等一下還要去約會呢」
「哈哈哈，幸好我媽叫我今天帶傘來~~~」

底下你一言我一句七嘴八舌競相地討論著，台上那位把數學公式寫到一半的新來實習老師，索性放下手中的粉筆，拍掉手指沾染的白色筆灰。來這間學校實習已有一段時日，也大致上知道如何和這群年少輕狂的高中生相處，那一張張青澀面容上的鎖眉、苦思、無力、抿嘴、挑釁、羞赧……各式的表情，都讓他憶起了年少時的點點滴滴。也許不明白現在學生的腦袋裡到底裝了些什麼，但卻了解他們都經歷過一場和青春爭奪的大戰，傷痕纍纍、身心俱疲，繫著一身深刻的記憶包裹，是他們共同捍衛的記號。

他轉過身來看著底下這群女孩們，知道該放他們自由了。此時放學鐘聲適時解放了一顆顆被禁錮的心，一具具躍動的身影不斷朝外頭雨中的世界奔去，至少在那裡還有一片等待放晴的天空。行政大樓的走道上，亦慈好整以暇地倚在磁磚拼貼的圓柱上，一張圓潤的小臉出神盯著那像是不會斷裂的雨絲，一串串地從天空垂直到地面來，勾勒出一條條完美的直線圖。

潮溼的冷空氣將這所學校團團包圍住，她忍不住搓磨著短袖下的雙臂，看看手上的錶面，已是快接近五點三十分的時間，心中估計著哥哥到來的時間。和她相差四歲正在唸大四的哥哥，雖然總是一副吊兒郎當的模樣，在學校也是抱著只求能順利混到畢業的不長進心態，但對於她這個唯一的妹妹倒是非常愛護。

亦慈也十分尊重這個兄長，不是因為輩份使然，而是那一份對她全然的疼惜。方才打電話回家，正巧讓剛踏進家門的哥哥接起，二話不說便答應要來學校接沒搭上校車的她，也讓她省去了在下雨天沒帶雨具的諸多不便。在大理石的階梯處坐下，身上不時飄落下被冷風吹斜進來的小雨珠，溼涼的雨滴附著在肌膚上，瞬間便給體溫征服，失去了涼意，只剩下透明的痕跡等待回去它剛才來的地方。亦慈手肘靠膝雙手托著腮，將視線落在校門口外來回的行人。

她唸的是一所女校，當初只是因為對未來迷惘，便隨分數而棲息在這個地方，然而在第一次造訪這裡後，便喜歡上這間命運為她所挑選的學校，尤其是那片綺麗的湖面風光。走進校門處，就緊連接著一條大道，兩旁栽種了一字排開高而直的椰子樹，左右側還座落著兩座小湖，漂浮在裡頭的荷葉堆中，還錯落著綻放出粉紅色的絢麗花瓣。湖水面靜悄悄地，只有微風掠過才泛起的漣漪，不時會飛來幾隻輕盈的蜻蜓，戲弄般地點一下水面，然後又朝天空翩然舞動起牠的翅膀。雖然這些稱不上人間仙境，但她已知足，因為她棲息在這塊有水光粼粼的地方。

這時她的目光被一隻誤闖校園的小白狗所吸引，牠身上的毛色或許是因四處流浪使然，就像沾上了柴火燒盡的餘灰，全身上下找不到一處潔白的地方，體型非常瘦小，好像只剩那身皮囊可以包覆著瘦弱的骨架，牠走起路來有著滄桑的姿態。亦慈出神地望著小白狗向自己所坐的方向走來，遲緩而具病態樣，彷彿她是牠的救世主，盼求能得到維持生命的施捨。而專注在小白狗的目光，越過牠落在一旁的湖面上，雨滴落在水面上的波紋，在此刻就好像是小白狗走在水面上所牽動的紋路。

亦慈驚喜自己的視覺發現，與奮莫名地露出笑容，就連身後傳來的腳步聲也絲毫沒有察覺。當身旁出現了黑影也全然不知，直到「蕭亦慈」這聲咒語才將她喚回現實中。她悧然地朝出聲處一看，竟是數學實習老師那張臉。

她一時意會不過來，只是望著那對單眼皮猛瞧。突然之間思路像是被人打通，清楚的知覺讓她猛然一驚，羞澀地叫著：「老師~」

恰巧前方校門口一輛銀色的汽車停住，顧不得外頭還在下著雨，連忙道聲再見，便朝雨中奔去。跑向正要下車拿傘來接她的哥哥，把一臉不解的實習老師，和低嗚出聲的小白狗拋在身後。

這一切就發生在這個下雨的日子。隔天走進教室，亦慈都沒有對誰說出昨天發生的糗事，除了她最好的朋友——唐莉欣。

「哈哈哈~小慈，妳真是太可愛了，我實在是太喜歡妳了。哈哈~~妳真是~~哈哈~」

她無可奈何地望著眼前這個女生，對於周遭同學們的側目只能以微笑回應。

壓低嗓子推了推已笑趴在桌上的唐唐：

「喂喂，妳會不會太誇張了點？有這麼好笑嗎？妳可要保守秘密唷，都已經發生這麼糗的事，我可不想再成為第三個人的笑柄。唉~~怎麼還有臉見他嗎？真是丟臉死了。」

好不容易止住笑意的唐唐，拍拍好友的肩，露出不以為意的表情：

「放心啦，又不是什麼大不了的事，只不過是個「笑」果而已，不用擔心啦。」

亦慈瞥見好友嘴角的笑意，又開始有加深的跡象，忍不住也跟著岔氣笑了出來。心想：「是啊，生活就應該這麼有趣嘛。」

然而到了隔天，當第三節課的鐘聲響起，實習老師的身影出現在班上門口，亦慈的心情仍不免七上八下，就怕待會那兩堂數學課會不會有什麼天外飛來一筆，把她震得七葷八素，所以就連講課時，台上那張臉她也不敢迎面而視。

當她平安無事地撐過那兩堂課，才意識到自己似乎太大驚小怪，也許人家老師根本就不當作一回事，自己幹嘛杞人憂天啊！認清這點後，她的顧慮頓時一掃而空，心情也跟著豁然開朗起來。

到了午休時分也全無睡意，拉著唐唐便往圖書館裡鑽，沒想到，原來全校午覺睡不著的人全跑來圖書館吹冷氣了。館內雖然是保持著安靜的原則，但是人實在太多，座位全被填滿，而來回穿梭在書架間的放輕腳步聲一直持續著，不時傳進企求一份寧靜的耳裡。最後兩人還是捨棄圖書館，挽著手漫步在女生宿舍外那條樹蔭下的步道。天空披掛著灰色的布幔，即便沒有陽光照射，但空氣中卻盡是悶熱的氣息。

兩人挑了一塊大石頭，收攏著百褶裙坐下來。在這無風無雲的日子，亦慈仍可窺見鋪散在眼前綠影湖水的閑靜美麗。這時，突然有一聲叫喚從後方傳來。

「啊，是我朋友呢，亦慈，我過去一下哦。」

原來是唐唐住在宿舍裡的朋友。此刻，一陣輕風越過湖面拂上她的臉，吹搖了水面上的荷葉；吹起了她的髮梢；也吹響枝枒上的綠葉，亦慈閉上雙眼享受這份舒涼。突然臉頰一陣冰冷令她驚呼出聲，睜眼一探，是張調皮促狹的臉。接過唐唐遞來的冰飲，亦慈無預警地起身飛撲，兩個女生的身影在一片綠意盎然下追逐嬉戲，銀鈴笑聲迴盪在這場搖曳的午後饗宴。

在同時，也跌進了他的眼中，當他從課本的數學試題上移開視線，起身為自己沖泡一杯咖啡，沒想到窗外的身影引起他的注意。是她，那個叫做蕭亦慈的女學生。這令他想起前天相遇的事，想起她當時的表情，不禁莞爾一笑，真是一個可愛的女孩。望著她方才坐在湖畔迎風的背影，那頭飛舞的及肩黑髮，雖然看不見她的表情，但腦海中卻浮現出那日所見到的容顏。

絲毫沒有自覺到，嘴邊因看到她們嬉戲的身影而浮出的笑意。日子就這樣一天一天地過去，沒有起伏更迭，如同一面漆白的牆壁，平順而空白，沒有任何色調的青春記憶。對那需要被解放的靈魂，那禁不住束縛的驛動，怎會安然沉息在沒有絲毫瑰麗的年輕呼喊中呢？如果答案是肯定的話，那真是太糟蹋上天的恩賜了。

放學鐘響，唐唐不住地抱怨著：

「天啊，為什麼我大好的青春非得耗在這堆書本中，我的生命還沒綻放就要被消弭了嗎？我不要啊～～」

亦慈曖昧地摟著她的肩說：

「不然～我們倆就來談個戀愛吧，打破這世俗的禁忌，做對令人稱羨的戀人吧！怎麼樣？」

「好啊，我們就來做一對打破禁忌的戀人。來吧，讓姐姐親一個。」

眼看唐唐傾身將嘴唇嘟了過來，作勢就要貼上來。

她連忙避開身，倉惶地逃離教室，聽見身後傳來：

「親愛的，不要害臊了，就讓我親一個嘛！」

她邊跑邊回頭笑著求饒：

「唉唷，我是跟妳開玩笑的，妳就饒了我吧。」

「不行，我對妳可是認真的唷，所以還是乖乖地讓我親一下，過來吧，過來吧……」

「哈哈，那等妳追到我再說吧，哈～～」

放學後的校園，突然間像是失去了生氣，宛如一座落幕的表演舞台，上台時個個賣力演出；下台後瞬間人去樓空，只剩寂寥的舞台還盤坐在那，安靜且認命地守在那個地方，如同此刻被人遺落的校園，絲毫沒有怨言地等待明日歸來的主人。

亦慈在走廊上跑過一間間空盪的教室，然而空無一人的教室仍是深具魅力的，後面長式的木質公佈欄上，有些是掛著得獎的優勝旗幟；有些則貼滿班上同學們的創意作品；有的卻只是把學校所發放的訊息，交代似地公佈出來；甚至有些更以豪放不羈的姿態示人，就算裝飾的背景海報脫落，上頭白色雲朵有著黑色顏料的幾滴渲染，飛在花朵上的數隻蜜蜂正搖搖欲墜，只剩一邊翅膀還死命地黏著在花瓣上，還是沒有人肯出手拯救這些岌岌可危的生命。

她跑過有著紅色扶手的螺旋狀階梯，那不再透著鮮紅色的油漆，早已被歲月肆虐地掉落一大半。轉個彎，打算越過短廊，通過行政大樓，躍過門口的大道，飛出校園去。可是就在她轉過彎時，險些撞上快要對個正著的那個人，連忙緊急煞住快要飛起的腳步。她胸口撲通地跳動著，氣喘吁吁地正想開口叫人之際。

突然，好不容易止住的腳步，一個踉蹌還是跌進了那個人的懷裡。身後的唐唐見狀，連聲道著歉：

「老師，對不起，對不起，你沒事吧？」

亦慈趕緊抽離那溫暖的胸膛，也跟著點頭賠罪。反觀兩個女生的慌亂，實習老師倒顯得氣定神閒，露出一口白齒笑著說：

「沒關係，我沒事，倒是妳們還是快點回家，時間不早了。」

「老師，再見。」

「老師，再見。」

「再見，路上小心呀。」

目送實習老師的身影消失在螺旋狀階梯的尾端，完全沒入在二樓時，她們倆才吐舌相視而笑。

天邊雷聲轟隆隆作響，雷電光影劃過天邊的一方；風呼嘯過刮起了刺眼的沙塵，教室外的班級掛牌也被盪得好似隨時會有脫落的危險。遠方的烏雲正醞釀著兇猛的雨勢，想必會是一場豪大雨吧。黑影降臨在校園上方，一眼望去每棟大樓內都亮著白光，已是今天最後一堂課了。

電腦教室內打開的冷氣，讓人直起寒毛，明明上一節課還覺得涼快舒爽，怎麼才半個小時的時間，外頭便像是暴風雨來臨前的徵兆，而裡頭則彷彿是去到了天寒地凍的雪白國度。台上的老師講得是唱作俱佳，可台下卻是一片沉寂漠然的表情，只因他們全專注在電腦螢幕上，手指正快速地點閱網站，敲打鍵盤的聲音此起彼落，宛如一場較量廝殺的打字比賽。

亦慈對那些網路連結並不感興趣，但面對沉悶生硬的教科書內容，她還是選了前者。百般無趣地穿梭在各個知名的網站裡，企圖希望能找到一些可以讓她停留的選項。這時，下方的訊息顯示出有朋友正在喚她，突然眼前的螢幕瞬間變成了黑色方塊，明亮的教室頓時陷入一片黑潮，亦慈還來不及反應，驚叫聲已侵佔了她的雙耳。學生們面對這場罕見的停電風波，好玩有趣的心態早已把微弱的恐懼擠到了牆角，因為相信光明會再度降現，知道會有人來解決在這現代科技社會中的小失誤吧！

果然不一會功夫，電力便恢復運轉，不久廣播器便傳來要全校提早放學的消息。因為氣象局已發布陸上輕度颱風的新聞，以迅雷不及掩耳的速度，挾雜風雨侵襲台灣本島……。

坐上校車，發現今日的座位間竟多了一張罕見的臉孔。因是女校的緣故，所以校方對於女學生的安全考量更為謹慎，故而指派一名老師同車隨行，就怕在這不安全的氣候會出什麼意外。沒想到亦慈乘搭路線的校車，竟然是由那數學實習老師同行。當她下車經過他身旁時，交會的眼神中彷佛意會到了什麼而露出淺笑，就連道出口的再見也隨著笑意而扯起弧度。

星期六的早晨，亦慈、唐唐和班上幾位同學約好，要到學校討論數學的習題，準備兩週後的期中考試。陽光明媚地落在早餐店內的桌面玻璃，亦慈望著店員熟練地將烤好的土司抹上一層美奶滋，擺上一些小黃瓜絲，再放一顆煎得酥脆金黃的荷包蛋，三兩下功夫，營養的早餐已拿在手上了。

結完帳轉身正要走出店面，抬眼一望，步伐立刻膠著動彈不得。這個時間他怎麼會在這裡呢？

呆愣地叫著：「老師，今天怎麼會來學校？」

「喔，有些工作還沒做完，想說今天來學校把它完成。那妳怎麼會來？」對方一副態度大方沉著的應對，讓她覺得自己的表現顯得太小孩子氣，

「和同學約好要來學校準備期中考試。那⋯老師，我先走囉！」語畢，頭也不回故作瀟灑鎮定地走出店門口。還未走到教室門口，便

已聽見同學們七嘴八舌在談笑著，不過該做的事倒也沒有草草了事。期間雖然哀號、抱怨聲不斷，但奮鬥了一上午，對於書中試題倒也有點成績出來。

捱到下午時刻三點多，終於紛紛投降在暑氣熱火之下，為了慰勞自己的用功，一行人浩浩蕩蕩地前往剉冰店尋求犒賞。遠遠便瞧見實習老師在行政大樓前的洗手台處，突然，有人開口發出邀請：

「老師，和我們一塊去吃冰吧。」

避不掉幾位同學的強力挾持，就這樣亦慈這時正坐在他的斜左前方，似乎是為了要扳回早上的劣勢，她順著同學對實習老師的好奇心，有一搭沒一搭地聊著，只是對這些探人隱私的事，她實在沒有多大的興趣。

一旁的唐唐知道好友的心思，見她心不在焉地吃著碗裡的抹茶紅豆冰，隨意編了個理由，便拉著亦慈拋下那場打破沙鍋問到底的盤問。離開冰店沒多久，亦慈像是被人點中笑穴般，捧著肚皮笑個不停。

唐唐無言地看著這一切，直至「效應」傳染到嘴邊。當兩個女生好不容易止住笑意，唇角拉扯起的弧度尚未徹底消失，挺有默契地說：「他誤上賊船了。」剛說完又忍不住岔氣笑了出來。

兩人揮手道別後，亦慈便獨自走回學校附近的公車站牌。假日的午後時光，感覺總是少了點「忙碌」，可以慢慢走路；細細瀏覽書報；清閒地享受手中誘人的食物；慵懶守在家中那台電視機前；甚至像她這樣巴著眼發呆。

突然眼前飄浮過來一隻手，令她心一抖，整個人往後退了一大步。

「老師，你幹嘛嚇人啊！」

「對不起，我叫了妳好幾聲，但妳一直沒有反應。」

那張臉上真的是堆著滿滿歉意。沒想到他們兩人又遇見了，一天之內相遇三次，還真是有緣呢。

亦慈想起離開冰店前的畫面：「老師，你還招架得住吧？」

「什麼？」

他不解地皺眉思索。

「就是剛才……」她挑起眉，使了使眼色。

「妳是說……哈哈哈，小事一樁，這就叫青春啊。」

眼前那張透著輕鬆自在的臉龐，讓她一時忘了之間的師生隔閡。經過一連串巧遇的插曲，亦慈和實習老師就這樣自然而然地，像是守著只有彼此才知道的秘密般，成了並肩作戰的夥伴，跨越了師生那面太過於世俗尊禮的高牆。

如同遙遙相望的平行線，突然之間卻有了美妙的交集。雖然兩人交情比一般師生來得親近，但亦慈心裡仍維護著之間那段微妙的距離感，只因為她太清楚師與生之間的情愫是那麼地薄弱。兩人就像站在如履薄冰的冰層上，只要稍微一個不慎，便會跌入那凍人心肺的冰水裡，她明白那樣的處境，清楚那樣的混亂。

有時候亦慈會惡作劇地尾隨在他身後，放輕腳步儘量像隱身在空氣中，亦步亦趨地跟著他沉穩的步伐，喜歡看著他挺直腰桿的修長身影。

亦慈的身高只到他的肩線處，有一次並肩走在他身畔，才發現他的右耳竟有著穿耳洞的痕跡，雖然洞的缺口已密合，但那痕跡依然清晰可見。

耳邊聽著他眉飛色舞說起自己的青春紀事，看著他嘴邊露出的小小梨渦，亦慈彷佛看見他右耳穿戴著銀飾耳環，穿著胸前印有圖樣的白色T恤、寬鬆牛仔褲。騎著機車奔馳穿越過路旁行道樹的綠蔭，迎面的風扯緊他的上衣，胸型在貼身的T恤下展露無遺，一雙柔荑從後方環抱住他的腰際，那手上還戴著和他脖子項鍊上相同款式的男女對戒，在他背後緊貼著的是一張泛起幸福的笑靨。

雖只能憑藉著話語想像他的曾經，但那抹在他背後的笑靨卻好像飛越時光停駐在她的腦海裡，雖然影像泛黃模糊，但那畫面就這樣莫名其妙地讓她無法忘懷。

亦慈向來討厭每天一大早就得排隊集合，到操場上進行的升旗典禮，頂著大太陽，站在司令台下盯著那片飄揚的旗幟升到頂點，讓她覺得是一件既無聊又沒趣的事。但是，她卻開始期待走入操場，因那表示她旋即可以看到那抹高眺的身影；那頭沐浴在發光的晨曦中，被微風吹拂的髮絲，這些都能牽動她眼波中的漣漪。

事情的發展就像是窗邊飛來的麻雀，如果不揮趕它們離去，那就得承受鳥叫聲不斷干擾心思的影響，但若自認為是天降下的天籟之音，那便是全然地美麗悸動了。

教室內，似乎已看不下去女孩拙劣的技術，背後傳來一聲無奈的嘆息，順手接過寬扁短梳。

她心裡一驚：「老師，不用了；我自己來就好。」然而欲動的肩膀仍是被攔截下來。

「還是我來吧，等妳綁好不知還要多久，學校都快變成空城了。」

亦慈從長方鏡裡看著他熟練地把髮絲梳順，俐落拉攏束起了馬尾巴，不消一分鐘的時間，方才垂落在頸項的煩惱絲，已被束掛在後腦杓。整個人頓時清涼了許多，映在鏡中那張只剩瀏海垂落的臉龐也換上了神清氣爽的姿態。

亦慈透過鏡面和身後的視線撞個正著，頸部的髮根處還留著他拂掠過的觸感，不自在地躲開那目光，笑得傻裡傻氣，企圖化解她所不熟悉的氣氛。

「謝謝囉！都怪我媽把我寵壞了，連個頭髮都綁不好，哈哈～」

從眼尾處偷偷注意著鏡中的他，看見那咧嘴笑開的模樣，才稍稍放心。亦慈掛著刻意拉短的書包，信步走出校門口，雖然告訴自己不要去在意剛才的事，但腦海中卻一再播放那些畫面。她氣惱自己的心神不寧，這時，突然一輛單車在身旁剎車停住。

「老師你不是開車上下班的嗎？怎麼會騎著腳踏車？」

「沒有啦，這是跟黃教官借來的，因為要去附近的郵局辦點事。反正我們也順路，上車吧，載妳去坐公車。」

「不用了，反正又不遠，我走路就好。」

「快上來吧，就快要下雨了。」

「不用了⋯⋯」

最終她還是妥協了。

攏順裙擺，亦慈才發覺自己的雙手無處可放，便隨意拉扯著書包背帶。這時她的記憶突然翻閱到那一張他乘載女子的想像畫面，盯著他穿白色襯衫的背影，沒想到心底竟泛起淡淡的嗔痴。

她硬是把那股異樣給壓了下來，將視線調望向天色，由遠漸近兩種不同色調的雲層，無意間一顆水珠從天外降下，正巧落進她的眼裡。閉目，水份溢出停留在眼角。

前頭的聲音響起。「糟糕，下雨了，得加快速度才行。」

車程果真加快，亦慈感受迎面吹來的風也變強了。在抵達公車站牌時，眼角的水珠已被風乾，在下雨前又被空氣所吞沒了。

而它來到地面的證據，只有亦慈能證明。揮別老師的背影，當身影轉入消防局旁的小巷時，乘載著擠滿學生的公車正好停在她跟前。上了車亦慈勉強越過重重人海，走至後方較為寬敞的位置，舉手拉住吊環，靜靜地等待回家的時間；靜靜地望著窗外流逝的街景；靜靜地盯著被剛落下的傾盆大雨所沖擊的暈黃車窗；靜靜地聽著一旁耳語的校園八卦；但卻沒辦法靜靜地想著那沒入巷弄裡的人影。

亦慈走進家門，父親從鏡片後抬眼望了一下，聲音粗嘎鼻音濃重地輕聲說道：「小慈，回來了。快去把衣服換下來，免得感冒。」

「嗯。」

悶哼一聲，她便趿著白底綠紋的室內鞋上樓進房去。坐在書桌前那張套有小碎花椅套的椅子，亦慈偏著頭靠在屈肘握拳的指關節上，右手指百般無趣地轉動一枝2B鉛筆，落下、再轉動、落下、再轉動⋯她想起了媽媽。

唸小學時，每次放學她總能輕易且自豪地找到媽媽的身影，在那群遙盼兒女身影出現的殷切中，母親總是顯得美麗而獨特，因為和同樣身為人母的媽媽群中，她是年輕且沒有透著現實生活中的滄桑，反而多了一份青春的絢爛。

母親18歲那年就懷了哥哥；而她的父親，是任職於母親就讀學校裡的老師。他們的愛情備受爭論和排擠，在旁人眼裡那是屬於不被認同的愛，根本不應該存在這所神聖崇高的學園中。

年僅18歲的母親那時對父親竟然就有著超齡般的執拗認定，像是擁有精衛填海般的決心，母親曾說：「打從那一年初踏進學校時，見著他的第一眼，我便知道就是他了。此生再也沒有第二人可以如此蠱惑我的心，所以我足足花了三年的時間來證明這份愛的價值。」

亦慈不懂母親當時的心情，那份愛的輪廓對她而言是那麼陌生且遙不可及，在她有記憶以來，便能切身感受到母親對父親那份過於綿密的愛戀，那是超乎人性應有的負荷。即使經歷過了大把歲月，她仍然迷戀著父親，亦如昔日對那位身為教師的男人般奮不顧身。

母親憶起那天：「午餐時刻過後，雨便開始滴滴答答地吻落在教室外的草地上，嫩葉承接住晶瑩的雨珠，陣陣雨水的氣息穿過門窗，傳進了教室，就這樣停留下來。一個個穿著透白制服，俯趴在桌面上的女學生們，靜謐地枕在交疊的雙手上昏睡午寐。

可她卻細聲輕巧地漫步在外頭的雨片之上，是為了要代表班上去參加校內所舉辦的作文比賽。對於比賽她並不陌生，洋洋灑灑地寫完三大張後，便又滑進了那潮溼的世界，一點睏意都沒有，打算晃去涼亭坐坐，看看書等待鐘響。

沒想到在那鐘聲未響起時，她的愛意卻傳來了雷電。他們的愛情避開所有目光，只能透過細縫窺探外頭的一舉一動，沒有人覺得這座校園和往常有何異處。學生們依舊趕著天邊魚肚白，急忙搭上校車趕來學校；校園裡照樣傳出嬉鬧笑聲和千篇一律的告誡叮嚀聲；靦腆情懷仍被藏在白衣黑裙底下，一切還是在正常的軌道中運轉。

日子就在一疊疊嶄新書皮的替換中被削磨了光滑，而他們的愛戀卻仍閃著炙烈的火光。但就算再遮掩藏匿的縫隙，仍會有光線照射灑進，事情曝了光。在畢業前夕的倒數第二個月，理所當然地沒有得到任何允許和祝福，老師被處以留職停薪的觀察階段；而女學生被父母親監控了行動，所幸消息被封鎖在一棟棟大樓之內，只有曖昧不明的流言在教室裡流竄揚塵。

所有知情內幕的人都在等待畢業時間的到來，只為了從多事的鳳凰花開季節裡解脫。總算捱到畢業，以為這段盲目的愚戀會隨之墜落，可是隔天女學生卻從家中消失了；而老師也沒有回校復職。」

亦慈還記得母親說起這些往事時，雙眸閃著光采和一份甘願的幸福。小時候以為父母那段愛情是偉大而感人的，但慢慢長大後才明白，那是彼此捨棄了多少才獲得的。拋棄了自己生長的家庭，丟棄所擁有的一切，來到彼此的身邊，這份愛能夠擁有幸福的期限是多久呢？

亦慈輕拍兩頰，將思緒拉回現實。拿出家居服將身上沾溼的制服換下，欲開門下樓時，瞥見櫃子上那張全家福的照片，裡頭母親臉上的笑容，就同她臨走前依偎在父親胸前那滿足的神情是一模一樣的。

亦慈心底明白父母是深愛彼此，即使是他們將來一起走到長眠的那天，那份愛情依舊會是燃燒著。可是拋下一切只為伊人，真的會感到幸福嗎？亦慈根本不確定，難道幸福非得如此極端才能得到嗎？她不想要擁有那樣的幸福，不想要一生只為伊人而活的人生，她寧願不想要如此沉重的甜蜜，在那張臉尚未全然佔據她腦海中，便連忙熄燈奔下樓去。

這陣子，同學們全在準備升學考試的事，亦慈卻還在眾多的選擇中迷惘。

「小慈，妳有想要唸哪一個科系嗎？」

「唉，好煩哦。我根本就沒有頭緒，唐唐妳呢？」

「我啊，是想唸日文系啦。但就怕成績太差會上不了。」

「好好哦~~我連想唸什麼都不知道呢？」

「中文系啊！我覺得很適合妳，文筆好、又喜歡看書；而且妳爸不是也在補習班教國文嗎？」

是啊，父親的鼻梁上掛副老花眼鏡，單手拿書翻閱的身影出現在眼前，不就是如此嘛？她不就是喜歡父親身上那股書卷味；喜歡伏在案上寫下自己不時翻湧上來的思緒；喜歡琢磨著字裡行間的情意。是啊，就唸中文系嘛。

頓時，在她眼前乍現一道曙光，原本渾沌不明的思路，一下子濃霧四散，像是將前方蜿蜒曲折的小路全清晰地鋪展開來。突然之間，覺得青春的沉悶圍籬開始在崩塌，漸漸蛻變出了華麗的色彩，一塊一塊地重新拼接出自己的未來。那感覺是興奮、是迫不及待，是湧上胸口溫暖的重量。亦慈望著好友，禁不住內心的激動，傾身給了一個擁抱。

「小慈，妳是怎麼了？有這麼感動嗎？」

「謝謝，好在有妳這個朋友，給我這一記當頭棒喝。這麼簡單明瞭的抉擇，明明是一直在做的事，我竟愚蠢地忘了它的存在。真的太謝謝你，唐唐，謝謝。」

「不客氣，因為我是懂妳的好朋友啊。」

畢業典禮的前一天，亦慈在人潮散去的校園內閒晃，矯情地想把這個她待了三年的地方，好好地收藏在記憶中。不確定以後是否會再踏上這塊土地；不知道出了校園的自己會變成什麼模樣，但至少想好好記住此刻她所成長的環境。

沿著長廊看著教室裡的空寂桌椅，經過廁所，步上階梯，穿過大門，走進了大禮堂；沿著地面上比賽專屬的白色方線繞場一圈，然後在大舞台前停下。

想起了高二那一年的往事，嘴裡也不自主地哼起，當時班上為了校慶活動所演唱的舞蹈歌曲；舞步的動作還是那時擔任康樂職務的唐唐和她攪盡腦汁所編排出來的。當時甚至利用午休時間到電腦教室、圖書館找尋靈感，只為了編創出一套迷人的舞步。雖然最後並沒有得到名次，不過那段全班利用午休、放學、自習課時間練習的日子，就如雙手一甩出的彩帶舞般，一圈圈在亦慈的腦海中劃出了豔麗的弧線。走出大禮堂，坐在堂前的石階上發呆，眼前斜陽灑落在枝葉上的橘紅，竟有如焚火在樹影間燃燒的錯覺，甩去這太沉重的想像。

下了階梯，走回教室，發現有一扇拉起窗簾的窗戶竟忘了關，因此風一吹，半邊的綠色簾布便展開了羽翼，溢出如橢圓形般的視野。亦慈撿了靠窗的位子坐下，綠翼就在她眼前飄起跌落，亮晃晃的光線也就這樣隨之開關。

又一陣風吹來，這次他的身影竟落在窗外，站在對面大樓的走廊上，和學校的老師耳語交談著，表情十分專注，亦如她臉上的神情。此時她就像是守在一個鐘塔下的女孩，睜著眼只為了等待精緻美麗的人偶出現的那一刻。當時間一到，樂音開始啟動，門被開啟的瞬間，她的笑也隨之漾起。就這樣一直望著守著，等待那張隨時會印在眼波上的伊人笑顏，甜甜的甜甜的~~~然後他走出了她的視線，而亦慈也起身關起了那扇窗。沒有太多複雜的心思，因為明天她就要離開學校了。

天邊厚重的雲層中間挾雜著橘紅色的夕照，此刻已不再瑩亮，只是閑靜地透著微光、拖曳著影。亦慈坐在行政大樓的階梯上，四周安靜得令人感到寂寞，明天就要離開這個校園了，其實心中沒有太多的不捨，但卻已燃起了對這裡的想念，她露出苦笑，想想自己善感的心思。

環視周遭一圈，倏地起身，拂去裙子後方的塵屑，不願讓思緒再沉淪下去，邁開大步往校門口走去，望著眼前的路筆直地走著。突然，身後傳來了呼喚聲，亦慈下意識回頭找尋，他正站在她方才坐落的階梯，揮擺著手道聲再見，叮嚀回家路上小心。沒有任何多餘的語句，和對明日畢業典禮的祝福，純粹只是道別而已。

亦慈也輕擺著手回應，然後轉身離去。彼此之間所存在的空間距離，只不過是短短的一公尺之隔，只須挪移幾步便可觸碰到對方；可是兩人的距離還是好遠好遠，遠到她根本就看不清他的存在，亦慈心想也許對老師而言，他也是如此吧。

隔天一踏進校園內，那浮在空氣中的歡騰讓亦慈感到不適的黏膩，掛在建築物上的垂掛裝飾物，七顏六色地隨微風在飄揚舞動，整座校園像是開起了舞會般熱鬧吵雜。教室內此起彼落的交談，有著祝福、不捨和⋯解脫，以及走出這座錮著青春的書城的狂歡。

教室內一張張熟悉的面孔，即使有些素來沒有深入的交集，然而一塊出現在同一張點名簿上，距離仍是落在咫尺之間啊。她們的面容在這三年的陪伴裡，絕對比其他人來得更具意義。畢業典禮結束後，亦慈沒有在校園多做逗留，中午時分的沉悶空氣，讓她更感到呼吸不順。這所沐浴在鑲滿金色光線的學校，不再是屬於她的了。

在這裡所有的回憶也將因她的離去而塗上一層防腐劑，只為了在往後的幾年時光被保有留存；而嶄新的明日，將為不久後便入學來的新生所綻放，不再是屬於她的了，不再是了。

她沒有親口向他道別，他的身影在畢業典禮上只出現過片刻，走出禮堂亦慈也不想刻意去追尋他的存在。和唐唐隨著散去的人潮朝大門口前進，向來活潑開朗的唐唐，這時也被離別的愁緒所佔據，顯得落寞而沮喪。

亦慈順勢握住了她的手，輕柔的述語：

「我們一直都會是最好的朋友，對吧？」

身旁的唐唐在點頭的瞬間便落下了淚滴，亦慈見狀，眼角也跟著閃爍著瑩光。只要再往前跨出一步，就真的要離開這裡了。她們不約而同回頭，望這塊伴她們成長蛻變的土地，方才走來的足跡還印著；滴在地上的淚水還濕潤著；許下的承諾還在耳邊響著。沒有誰可以催促她們的腳步，只是時候到了，於是她們選擇離開，把所擁有的璀璨留在那裡，永遠塵封在記憶中的那段歲月裡。

同年的九月二十八日，教師節。實習老師收到了一張淡粉色的信封，漫著香氣的卡片上頭，清秀的字跡寫著：

「老師，你好嗎？還記得我是誰嗎？其實當我寫完這張卡片，還一直猶豫著是否要寄出，最後…它還是送到你手上了，只因心中祝福的聲音戰勝了一切。謝謝你在高中最後的時光，帶給我美好的回憶，也許在你眼中我只不過是眾多女學生裡其中的一位，但對我而言你卻是一位特別的老師，甚至是…超越了老師的身份。

我不願對你懷抱太多的遐想，並且保持著彼此的距離。我的父母是一對走過師生戀的夫妻，他們深深愛著對方，即使在暮年之後、母親逝世後，那份愛依舊超越時空緊緊連繫著；可是相對地，他們所遭受的議論磨難也一樣折騰考驗著彼此，他們愛得好深也痛得好沉。因此發覺到自己對你的在意，我便決定要將它埋藏在心底。

離開學校後，開始了新的大學生活，多采多姿的人生風景，頃刻間彷佛全朝我撲湧過來；但是我還是會想起記憶中的你。沒有多餘複雜的心思，只是不想讓這份美麗的心意被遺棄，因為我也希望你能擁有一份美麗的心情。祝　教師節快樂，一切安好。學生　蕭亦慈敬上。」

他怔忡地望向窗外，那女孩坐在石椅凝望著湖面，被風吹起的髮絲、穿著白色襯衫的背影，這幅圖畫還高掛在他的記憶牆上。他沒有忘記那女孩，因為一直欠她一句「再見」。

畢業典禮結束，當他忙完行政事務後，急忙找尋她的蹤影，可是校園已經沒有了她的存在。要送給她的禮物，還安靜地躺在抽屜裡，一直是感謝那女孩帶給他歡笑和快樂的。

打開抽屜，一本包裝華美的禮物書沉靜地擺在文具用品旁。書中的插畫是細緻的生活景物，封面是一位露出甜美笑容的女孩子，斜躺在沙發上看書。放學後，他要將這禮物寄到她手上，還要附上一張感謝卡。

讓他們共同的記憶，還能繼續下去；讓鮮明的美麗心情，能在彼此的

心田裡生根萌芽。沒有人知道未來的事情會怎麼發展，筆下寫出的不是句號，而是逗點，意外的遭遇總是在那符號之後啊，，，

# 下雨了，我與精靈有約

一段兩小無猜的友誼，
開始在一場雨天裡的派對……

## 下雨了，我與精靈有約

他坐在駕駛座上，煩躁地按下車窗，一股挾持溼涼的微風襲捲進了車內，知道是快下雨的前兆。天空中一片朦朦昏暗的灰白，像是染上了清洗水彩筆的污水般，沒有一絲讓人可以開朗起來的色彩。街上被風刮起的廣告傳單、讓風吹起的裙邊盪漾、給風飄亂的枝枒嫩葉，他眼中專心注視著這街上迎接雨水落下前的景象，這應該是一幅美麗的畫。從小他就特別鍾愛下雨天，因為那個下雨的日子，讓他寂寞的童年開始變得繽紛。

身為獨子的他終日被關在那間偌大的別墅裡，裡頭沒有孩童應有的嘻笑和爭吵、以及沒來由的執拗和任性，唯一有的只是等待在面前永無止盡的「學習」——鋼琴課、小提琴課、英文課、日文課、心算課、電腦課⋯然而這其中卻沒有任何一門課是他自己所選擇的。從來不曾期待哪一位家教老師走進書房那扇大門來，可是漸漸地他卻開始期待下雨的日子。

那一天，當天色未明，天空便下起了稀稀疏疏的雨滴，母親難得地走進兒子的房間，喚起正緊抱棉被熟睡中的他。揉揉惺忪的睡眼，嘴裡咕噥抱怨著，床邊母親好言相勸地把他勸下了樓，但因實在是太睏了，在走樓梯時還險些滾了下來，經這麼一驚嚇整個人瞬間清醒過來。這時才發現身旁的母親已抹上了她外出時必備的妝容，只不過今日身上的穿著和以往有著明顯的不同，顯得格外的典雅⋯和親切。

母親催促著他快點吃早餐，並出聲囑咐上樓去換套輕便的服裝，就這樣在丈二金剛摸不著頭緒的情況下出了門。這時原本下著毛毛細雨的天空，竟然霹靂啪啦落起大雨，豆大般的雨滴咚咚地掉在駛進車道的車窗上。他看著那重重拍打下來的雨水，急速地被擠下滑落消失融合在不成形的水片當中，一次又一次的畫面，出神地凝視著，直到耳邊傳來母親的叫喚聲。車子開進一棟大樓的地下停車場，母親領著他搭上電梯，直到這一刻他還是不明白此行的目的地是哪裡。

偷瞄身旁這名刻意挺直腰桿的美麗女人，其實他和母親並不親密，從小他就是被奶奶帶大的，直到前幾年奶奶去世，他才被接回現在這個家。親情或許不會被取代，但卻容易變質走味。並不是他刻意要疏離這段親子關係，而是他的父母太忙了，甚至「不習慣」他這個稱為兒子的人的存在。不懂為什麼自己的父母會是這樣，難道他的家庭就得和其他人這麼不一樣嗎？是要處罰他以前老是和奶奶唱反調嗎？

他總是懷念著還沒住進這間別墅以前的日子。隨著母親步出電梯，沿著照著亮白光線的走道，他走在母親的右後方悠哉地移動腳步，這時發現在離他上頭約有一根雞毛撢子距離的高處，有一排小窗子，抬眼望去便可知道外頭現在仍是一場滂沱大雨。

然後好像經過了幾扇鋁製的大門，母親在一道門前停下腳步，略微整理了儀容，甚至還「理所當然」地幫他拉齊了領口。或許對一個母親而言，這只不過是個微不足道的舉動，但對他而言卻像是有人朝平靜的湖水用力丟下一顆大石頭，泛起了久久無法止息的大水波。

他怔忡地站在原地，直到眼前的大門被開啟，他才開始喜歡上『下雨天』。門後的世界是小丑人類聚集的世界，他看見一個個宛如戴著搞笑面具的大人們在高談闊論，雖然不知道面具底下真正的表情是什麼模樣，但瀰漫在這間屋子裡的的確是一陣陣笑聲。屋內有一曲曲柔和的旋律在環繞，可是卻沒有半個人在跳舞，他們把注意力全放在手中握著的玻璃杯，以及一旁擺放在鋪有粉紅色絲質布料的長桌上頭，那一盤盤看起來令人垂涎的各式美食。

他和母親的闖入並沒有引起任何人側目。頃刻，母親對他的態度有了180度大轉變，把他像是燙手山芋般晾在角落旁的皮革沙發上，然後隨口應付道：「你就乖乖地坐在這，我們很快就要走了，所以不要到處亂跑，知道嗎。如果肚子餓了就自己去拿東西吃吧。」也不待兒子的應允，便自顧自地加入那場小丑派對。

他注視著母親的身影，發現母親在那一群人當中竟顯得異常美麗，是因為身旁小丑們的虛假醜陋，襯托出母親那張沒有戴上假面具的素顏吧。這項發現讓他心中不由得升起一股驕傲，雖然對母親的冷落一直無法釋懷，但此時他還是很開心地。因為鮮少有機會讓他能以擁有這樣的父母親感到自豪，更重要的是，此刻他可以遠離那些無時無刻硬要塞進他腦子裡的「學習」。

收回視線，才發覺自己的肚子餓了，正當端著餐盤在長桌前挑選食物時，突然身旁一個黑影走近，他納悶地轉頭探視，是一名約莫和他差不多年紀的女生，五官雖然稱不上漂亮，但嘴角笑起來的梨渦倒讓她看起來顯得可愛。

不過他第一眼注意的卻是她那一頭短到不行的俐落短髮，長度應該和他差不多吧。班上的女生清一色都是蓄著一頭烏黑的長髮，雖然不明白為什麼但也不想刻意去探問其原因，自己倒也稱不上討厭或喜歡，只是事情就是這樣，反正只不過是頭髮的長度而已嘛。

直到有一天，坐在旁邊的女同學，突然把一頭長髮剪短，聽她說是為了要擺脫乖乖女的形象。其實他根本搞不懂，長頭髮和乖乖女這兩者之間到底有什麼關聯呢？難道只要他把頭髮留長，就能夠變成父母口中那個認真用功的乖小孩嗎？

只見身旁的短髮女生一逕對他露齒微笑不發一言，反倒是他被盯得難為情，趕緊拿著盤子走回沙發。沒想到，那女孩竟也跟著來到沙發坐了下來，他假裝視而不見，低頭專心吃著餐盤裡的美食。

有時候關於小男孩的羞澀是沒有跡象可尋的；兩個小孩並肩坐在一塊，在大人的眼中或許會被視為友愛、兩小無猜的表現，殊不知他們內心裡的煎熬掙扎。最後實在受不了彼此之間靜默的氣氛，沒好氣地叫嚷著：「喂，妳到底要幹嘛啦？」

小女生仍舊對他笑而不搭腔，這下子他更火大：「幹嘛一直對著我笑，妳有病哦。」想不到她一開口竟然叫了他一聲：「哥哥～」他瞬間呆愣住。

這沒來由的稱謂，讓他不禁像是被凝固的水泥困住，全身無法動彈，就連呼吸也變得渾濁。這只不過是個再普通不過的稱呼，但卻是他內心深切隱藏的渴望。自小身為獨生子的他，每次一見到別人有兄弟姐妹可以一起嬉笑玩耍；或者班上同學抱怨著自己的哥哥、妹妹怎麼討人厭時，其實他內心是忌妒的。然而為了維持在同學眼中羨慕他是獨子的好形象，便怎麼也開不了口說出自己的渴望。

另一方面他也會不自覺地責備起那些同學們的不知好歹，是因為自己的沒有擁有嗎？也許吧！所以當聽到小女生喚自己一聲「哥哥」時，他內心真是既複雜又激動，在小小的心靈裡，「哥哥」的名字早已超越了他的姓氏，姓氏可以隨時做更改，可是哥哥的位置卻是無法被取代；甚至要他捨棄自己的姓名來換取哥哥的身份，他也會毫不猶豫地點頭如搗蒜。

在女孩的口中斷斷續續朝他喚著哥哥時，一陣踩著高跟鞋急促的聲音由遠而近，是一名滿頭大汗、神色緊張的大姐姐來到他們面前。「柔柔，不是交代妳不可以亂跑嘛，害我找妳找了老半天。好了，乖，我們回去吧。」

緊接著像是意外發現他的存在似地，忽然提高音量叫著：「啊！小弟弟真是抱歉，我妹妹沒有給你添麻煩吧？」他下意識搖搖頭當作回答，也許是為了那一聲聲的哥哥，所以可以原諒她那些無理的舉止。

突然發覺母親也正往這邊走來，以她雍容華貴的貫有體態，只見她湊近那名女人的耳邊低聲問道：「發生什麼事了？」一經解釋介紹後，才知道原來母親和女人是商場上的朋友，而今天的活動也是她所策劃主辦。唯一令他感到疑惑的是這一句話：「我妹妹是個弱智兒⋯⋯」弱智是什麼意思？

難道因為加了弱智這兩個字，所以她就成為特別的小孩嗎？他不懂，是真的不懂。不懂這場聚會的意義在哪裡？不懂那名叫柔柔的女孩子怎麼會有那麼純真的笑容？好多事他還是搞不清楚。當他和母親再度坐上車，車子平穩地開進雨中的世界時，他才懂得一件事，雨天是會有快樂的事降臨的。

自從那天過後，只要一到下雨的日子，母親就一定會帶著他前往那棟大樓參加所舉行的熱鬧派對。一次二次三次的相處下來，他和柔柔變成了朋友，漸漸地開始在睡前學會祈禱，衷心祈求明天會是個下雨的好日子。他喜歡上那個地方、喜歡上那群戴著面具的大人們、喜歡柔柔這個被稱為弱智的孩子、喜歡車子離開大樓闖進雨中的迷魂陣，這沒來由的一切都讓他牽掛心喜。

也許他真的是太寂寞了。因為沒有擁有過，所以就連這麼細微的小事都能令他狂躍不已，也許是已經寂寞太久了吧。

他望著一旁沉睡中的女兒，單手握住方向盤平順地駕駛著，雨刷規律地左右搖擺，拭去要大不大要小不小的雨滴。他唯一的女兒，六歲的小公主，此時身上正穿著老婆特意從百貨公司買來的粉紅蕾絲小洋裝，今天是幼兒園的畢業典禮，女兒今年就要升上小學。

時間真的過得好快，想當初才從護士手中抱過剛出生的女兒，轉眼間已快成為揹著書包上學的小學生，真是令人愁悵啊。這時天邊突然劃下一記閃電藍光，無聲地出現在雨幕中，就在那一瞬間劈下，讓人不禁以為是自己眼花，但他卻是真的親眼目睹到。

車外的雨勢依然用它的速度在沖洗塵囂，習以為常的雨天不過是三百六十五天當中的某一天罷了，彷彿那記無聲的電光也只是在虛張聲勢，作作樣子嚇唬無知的人類罷了。

再過兩個紅綠燈就到家了，望著依舊熟睡的女兒，不知為什麼，打從她一生下來，他便老把柔柔的影像和女兒的重疊在一起，其實兩個小女生根本就沒有一處地方是相像的，然而卻老是會出現這些莫名其妙的聯想。

早已淡忘柔柔這號人物，但卻又因女兒的誕生，一下子把記憶中的柔柔給喚醒過來。一位退隱在模糊記憶邊境的人，頃刻間，穿越過界線來到聚光燈的中心點，讓他有些恍如隔世，甚至不太確定自己身在何處。

自從認識柔柔後，他臉上的笑容明顯增多，就連在班上原本不多話的他也開始會和同學們開起玩笑來。小朋友之間的友情是簡單而豐饒，就連那一丁點的歡樂也像是透過萬花筒的投射而顯得萬象繽紛。雖然他和柔柔就只有在派對上才能見上一面，但也是因為無法隨意天天見面，反而更期待相見那一天的到來，他也就這樣喜歡上了下雨的日子。即使每天還是非得坐在書房內，聽著那些令人厭煩的家教課；和父母之間依舊是矗立一道高牆，如同各自被飼養在籠中的動物。那段距離是彼此也不想去拉近的，只要生活還可以過下去，也無謂那絲鮮紅的親子血脈了。

在他幼小的心靈，實在搞不懂為什麼這個世界會變得如此討人厭？以前和奶奶一起生活時，雖然有時會因為思念媽媽而在半夜中哭泣驚醒，但生活的本質還是快樂的。因為有奶奶的陪伴呵護，也不用被那麼多的學習重量壓得喘不過氣來。

不懂明明是在同一個地球上，為什麼會有這麼大的差別，它應該是同一個模樣的，不是嗎？這個疑惑一直糾纏著他的童稚靈魂，直到慢慢長大後，才恍然大悟，自己竟是如此地無知。也才真正體會瞭解到，長大後的世界才是真正的地球面貌。小時候那些擱在心中不敢說出口的憂慮，比起長大後的現實生活，頓時成了雞毛蒜皮的小事，無謂地不痛不癢隨著時間而墜落無影。

因枯燥的生活中出現了期待的事情，讓他鬱悶的心也變得開懷。每次和柔柔見面，她總是靜靜不聒噪地陪在身旁，鮮少開口回應些什麼，頂多就只是陪著笑，憨憨地望著他的模樣瞧，一副像是完全不懂他說出口的語言，明明是生活在同一個世界的啊。然而輕易從他嘴巴說出口的話，對柔柔來說卻像是一組高科技精密難解的程式，必須花費好久的時間來破解。只是日子這樣久而久之的重複，免不了累積著彼此間的沉默和距離，也開始讓他覺得厭煩，甚至萌生出一股嫌惡之感。

今天媽媽照常領著他走進大樓，方才地面上原本還持續接受著雨水的滋潤，這時天邊卻已升起了金色日光，氣溫悶熱地讓大樓內的冷氣火力全開，頓時消暑了正要攀升飆漲的脾氣。

對於這場宴會派對，他已失去了歡喜也不覺得有趣，至於柔柔呢？瞄了身旁一眼，今早還在猶豫到底是來或不來，不來嘛，覺得自己好像是背叛了忠實朋友的信任；來嘛，依舊是一個人在唱獨角戲，兀自對著一尊人偶在顯露自己的情感，所期望的和能得到的反應最終還是那張呆笑的容顏。

他兀自生著悶氣低頭用銀叉翻戳盤中鬆軟的蛋糕，不發一語故意不理睬身旁的人兒，希望她能因此打破彼此間的沉寂。時間一分一秒過去，場中熱絡交談的高音論調，把他們的靜默襯托地更加淋漓盡致。他此刻的心情猶如狂風暴雨般肆虐，倏地站起身來，頭也不回地走出派對房間，心中愈想愈氣。身旁的柔柔一見他站起身，也正要尾隨跟來，然而因他一時氣不過，便硬硬生把大門奮力關上，徒留她一人在門後那個大人的世界裡頭。

外面不知何時又開始下起雨來，他無處可去，只好倚靠在牆邊，屈膝縮腿坐在鋪有深褐色地毯的走道上。剛才升起的怒氣瞬間滅了火，愧疚感從心底油然而生，他不應該這樣對待柔柔，她會不會哭了？如果她因此而討厭他，那該怎麼辦呢？他後悔了。想轉身進去表示自己的歉意，只是執拗的自尊讓他選擇了獨自沉默。「這也不是我一個人的錯，誰叫她每次反應都慢吞吞；一臉呆滯的表情，跟她說了好幾次了，但還是那副模樣……」

那一天派對結束，他沒有跟任何人說再見。當車子被堵塞在車陣當中，車流中一輛輛汽車內坐著一張張漠然、不耐的表情，就像飄浮在半空中的灰色面具，讓他覺得詭異和濃濃的厭惡感，但其中佔據更多的是心中對柔柔的牽掛和不安。一個星期的時間，足以讓人忘記一些自以為重要的事情。他早已擺脫那日的失意，與高采烈隨同母親推開那扇門……

不知道為什麼精神愈來愈混沌，整個人昏昏沉沉地，望著前方地面上雨水粼粼的透亮，突然一輛急駛的貨車經過，噴濺在車窗上的雨水讓人一驚，他才恢復了精神。心念一轉，打了方向燈，暫時把車停放在路旁。看看一旁還在熟睡的女兒，他疲憊地靠向椅背，無力地閉上雙眼。不知道為什麼今天竟如此思念童年歲月裡的那個女孩，一個讓他想起便會悲喜交加的女孩。在他們相識的第十三個月時，柔柔消失了，自此便再也沒出現過在他面前。

那天為了彌補對柔柔的歉意，他刻意帶了幾本故事書要為她講故事。一進門便搜尋著那具熟悉的身影，通常柔柔都會比他早到，然後乖巧坐在沙發上等待他的到來，但今天的角色卻調換了。他心喜地翻閱帶來的故事書，小聲地複誦書中內容，耐心等待柔柔的出現，準備要為她講精彩的故事；然而當房間裡慢慢湧進人潮，場面逐漸熱絡起來，他盯著大門的次數也愈頻繁，盼了盼、等了又等，推開門進來的，始終不是他所想見到的那張面孔。

那一天，他失落極了，柔柔沒有出現。忽然覺得失去那女孩的陪伴，這場喧鬧歡騰的派對頓時成了催人儘速離場的寂寞。回到家，他實在按捺不住，央求媽媽打電話給柔柔的姐姐，問問她們的缺席到底是怎麼一回事，然而電話那端回應的卻只有機械式的嘟嘟聲響罷了。過了幾天，媽媽從朋友那得知，原來柔柔一家人為了躲避父親公司倒閉欠下龐大債務的追討，舉家連夜逃到泰國。從那以後，他便再也沒有見過她了。然而他童年的歡樂光陰竟因柔柔的消失，反而顯得更為繽紛精彩，就如同那大雨過後的枝葉，顯得異常翠綠，連嗅聞起來也透著清新氣息。

只是一直到最後那個擱在派對上的空位，始終沒有人走上前來。從此以後他不曾再推開那扇門走進那場派對；諷刺的是屬於他的歡樂竟因柔柔的離去而迸發出了色彩，就像幻化而出的彩蝶，在空中舞出曼妙的姿態，穿梭嬉戲在花叢田園間。只是他怎麼也忘不了那被遺落在原處的繭殼，一團孵育他振翅的縷絲。那張甜甜的笑容在心底成了印記，沒有重量的記憶，淡而不明的痕跡。

他漸漸長大，大到懷疑起柔柔這個人是否曾經來過他的生命中，藏著這個秘密，他結婚生子，有了自己的家庭。如今他擁有溫柔嫻美的嬌妻，和一個貼心聰穎的可愛女兒；只是內心深處卻獨漏了一句完整的道歉，是對那女孩虧欠的懲罰。不管經歷多久的歲月，就算對柔柔的輪廓已抽象化，但他就是忘不了那句沒有說出口的抱歉。

尤其是在得知柔柔和一般小孩所天生存在的差異；初次見面時，那個「弱智」的字眼跳躍過懵懂的童年，以真正的意義竄進足以明白事理的青壯之年。他終於瞭解到那張笑臉下，所透露出的心意是如此的真誠可貴。擱在心底的自責就像是一根卡在牙縫裡的細絲，讓人介意欲拔去為快。

但是他就是沒辦法，當年是說不出口；如今卻沒有人聽他說。春去秋來、夏末冬至，令人難捺的疙瘩變成習以為常的存在，他也就這樣日復一日地，累積生活中其他足以掩蓋的情感，以為日子要這樣過完一生。直到夫妻倆期待的新生命降臨，寶貝女兒的誕生也隨之招來了對柔柔的昔日記憶。畫面裡嵌在白幕中的隱約線條，突然穿透白幕以實體面貌示人，於是他又和柔柔重逢了。

命運的齒輪讓倆人相遇，但始終沒有相見。時間一晃眼，今天是女兒幼兒園的畢業典禮，而柔柔對他而言還是一位留在相片中的人物，雖然熟悉但也是陌生的。他伏趴在方向盤上，以手背頂著額頭，思緒疲憊倦怠地停止了翻湧，懶得再去捕捉任何一些什麼。身旁隱約聽到女兒甦醒的微弱呻吟聲，不久，果真一隻手推了推他的手臂，吶吶喚著：「爸比~~爸比~~」他抬頭回應女兒的叫喚，沒想到竟也找到長久以來深切的呼喚。

窗面上那張如鬼魅般的矇矓影像，經雨水沖洗成了殘缺不全的側臉輪廓，沒錯，那的確是柔柔。即使沒有很清楚看見，但絕對錯不了的，方才那個經過的人是柔柔，絕對是的。

二話不說，連忙下車追上前去，怎知石磚步道上連個人影都沒有，只有那砍不斷的雨綢絲在紛擾憂愁罷了。他不死心地往前跑了一段路，想證明自己所看到的並不是幻覺，直到最後雨水沾溼了棉質T恤，額前的髮絲掛著雨珠子，他才狼狽地上了車，走進女兒閃著亮光的瞳孔裡。「爸比，你怎麼了？這樣會感冒的。」邊說邊努力要伸長手臂越過兩人之間的距離，用面紙拭去佈滿在爸比臉上的水漬。意及女兒體貼的心思，他趕緊配合傾身接受她的溫柔對待，臉上緊繃的神情這時才露出了甜蜜的笑容。回到家後，他便病倒了。

意識昏昏沉沉，模糊中好像見到妻女守在床邊，嘴巴開開合合不知對他說著些什麼，只覺全身虛脫無力，氣力像是被底下那張大床全吸附了去，讓他連動一根手指的餘力都沒辦法使出。

好幾次勉強半撐開沉重的眼皮，想看看外頭到底是什麼情形了，但眼前好像都飄散著一片霧茫茫，像是有人刻意拿著消防器在噴灑著白色粉末，製造出電視歌唱舞台上的效果，彷彿待會就有一位打扮入時，穿著野豔的女歌星突然蹦出場唱歌熱舞；只是依他目前的狀況，根本是無緣欣賞，就只能繼續沉溺在那片搖搖晃晃的夢海中了。

當他又再一次從迷亂的意識中睜開眼，看見腳邊窗戶外閃爍著微弱的光點，心想這時應該是半夜的時間了，四周出奇地安靜，就連住處旁大馬路平時喧囂整日的車流聲，今天卻意外地像是發生交通癱瘓，停止流動了。

他沒有想太多，至少這難得的靜謐對他來說是好的。正當眼皮又要緩緩密合時，一抹身影閃過那道尚未關閉的細縫中，「老婆？」他輕喊著，沒有回聲。沉寂一會，想要入睡卻仍感不安，又出聲：「是老婆嗎？」還是無聲，突然——「哥哥」一記閃電劈裂開他的記憶情感，貶著酸痛的眼睛，只為了確認自己所見的景象，是柔柔，她就站在自己伸手可及的地方。

「柔柔，真的是妳嗎？」當那張面容出現在眼前，昔日的記憶如同水庫的大匣門被開啟，水勢排山倒海地襲捲而來。沒錯，那是柔柔啊！還是那一頭短髮、一排潔白的牙齒、那對俗稱招風耳的耳朵以及……那抹笑容，靦腆不帶心機，透著憨直的意味，那的的確確是他始終在找尋的人啊。正當他想開口說些什麼時，那抹單純的笑意竟化成了齜牙咧嘴的猙獰面孔，慢慢朝他逼近，一陣寒意直衝心頭，就在柔柔快欺上身來時，他終於放聲大喊：「啊～啊～。」驅走了柔柔，驚醒了自己，叫起了家人。

「老公，你還好吧？」他怔忡看著眼前這女人露出的擔憂神情，才稍稍安撫下剛剛夢境中的恐懼，勉強扯出一個淡而薄的笑意，加上再三保證只是作了一場惡夢，老婆才安心地去睡回籠覺。把背靠在直立的枕頭上，他半坐起身來，心繫著方才那一場夢。怎麼無緣無故會夢見小時候的柔柔，牽牽掛掛她那麼多年，這還是第一次夢見她，難道是因為那個人？腦海中浮現出今天在車窗外所見到的身影，真的會是柔柔嗎？

潛伏的愧疚感由底處漸漸升漲到了心頭，方才那張瞬間變成陰森的笑臉，是不是表示自己當年真的傷了她很重，所以到現在她還是心懷怨恨的。他愈想愈覺得再這樣下去，他們之間曾擁有的情感就要變得危不可及了，一定要趕快找到柔柔，想知道她現在過得好不好，這句抱歉他不想再拖欠。

但問題是他該怎麼找到那女孩呢？日子就在失望中堆疊著，而女兒也進入了市區小學就讀。這一天，老婆因中午臨時有事無法到校接女兒放學，所以他驅車前往小學大門口，等待女兒小小的身影出現。那一排排遵守秩序等候通過大馬路的童顏，讓他不禁會心一笑，多可愛的小朋友啊。然而他的笑容卻在看到一旁維持秩序的志工媽媽後，瞬間定格凝結住了。

女兒乖巧地在一旁的遊樂區遊玩著，他再一次望向眼前這位年紀約莫五十好幾的女人，她已不再是從前那位打扮入時追逐流行、崇尚名牌的女子，而是留著及肩黑色捲髮的婦人，近距離一看，那摻雜在黑髮中的灰白髮絲竟是那麼醒目。曾經意氣風發的神韻，如今取而代之的是鑲嵌在皺紋中的柔軟，和一份溢於言表的包容。

她就是柔柔的姐姐，一個不甚熟識的人物，但卻依稀認得的面容。此刻校園內響起午休的鐘聲，空氣中瀰漫著慵懶停滯的氣息，宛如整座校園都在呼嚕沉睡著。他叫喚頂著豔陽玩耍的女兒到涼亭裡歇息，亭內的木桌椅上，女兒倒也溫順地寫著作業裡的一筆一劃。那張透著老態的女性面孔，說起往事時彷彿像是沾染上年輕歲月的粉末，久久無法拂拭乾淨。

那年，他們一家經歷過好多事，父親的公司經營不善，在經濟支柱倒下後，逼不得已只好投靠在泰國設廠的大伯父，但是寄人籬下的無奈，讓父親更為積極想要東山再起，只是到頭來換取的結果，竟是一場大病奪走他的生命和尊嚴。

母親咬著牙走出痛失伴侶的傷痛，放低身段進去大伯的生產公司謀求一份賴以維生的酬勞，這對含著金湯匙出世，婚後一直活在丈夫羽翼下的媽媽，是多麼崇高的偉大情操。

而她卻只是一心想回到台灣，靠著大伯父的幫忙，她終於還清所積欠的債務，光明正大回到台灣的土地上，但母親還來不及踏上這塊土地，便因積勞成疾過世了。

她就帶著唯一的妹妹—柔柔，重新在這片土地上找到活下去的契機，即使辛苦她發誓也要守護唯一的親人，就算妹妹加諸在自己身上的重量如此地不堪負荷，然而她還是走過來了。如今已過半百的年紀，有一個安穩的家庭，先生厚實體貼，雖然兩人之間並無子嗣，所扶養成人的是丈夫與前妻所生下的兩個孩子；但她仍是甘之如飴，因丈夫那份對她寬厚的愛，其中更包括願意接納並照顧不完整的柔柔。

他全然不知這些年柔柔一家人是怎麼經歷過這些世事的洗練，望著那張沉浸在往事的專注容顏，他絲毫不想打擾她的冥思。結果還是她自己踩住了沉溺的腳步，側臉雖浮現一抹淺笑，但他仍可以感覺得出背後那有著龐大體形的思念輪廓呀。

「你想見柔柔嗎？」輕描淡寫的一句話，卻道盡了他近三十年來的牽掛。拉著女兒細嫩的小手，尾隨在柔柔姐姐的身後，那有些發福駝背的背影，讓他意識到他們都已不再年輕，如今他也已是一個孩子的爸爸了，那麼柔柔又會是什麼模樣呢？一步一步踏在柏油路的前進足跡，如同一頁頁撕去刪減他這些年來所積累盼望的日曆頁數，他就快要和柔柔相見了。

多年後的重逢，她還會記得當年口中所喚的「哥哥」嗎？惶惶不安的情緒讓他的手心冒出了汗水，女兒欲抽出被濡溼的手，但卻被爸爸握得更緊。抬頭疑惑地看著與平日迥異的爸比：「爸比，你怎麼了？我的手被你牽得好痛哦。」他連忙鬆開手說道：「啊，對不起，因為爸比太緊張了。」「為什麼緊張？是因為等一下要見面的阿姨嗎？」

他露出苦笑地點點頭，連女兒都察覺出自己的不安，那待會他要怎麼面對柔柔呢？「爸比，是不是做錯事了？」沒想到女兒竟會口出此言，讓他不禁一愣。「今天老師說，一個人如果做錯事，就會害怕緊張；可是只要肯認錯改過，一定會得到原諒的。爸比，是不是這樣？」

他眼眶溼潤地看著心愛的女兒，「是啊，只要肯認錯，柔柔一定會原諒他，寬恕一個小男孩當年的衝動和不懂事。」沿著學校後方的巷弄走了一段路，拐個彎便是一整排大廈住宅區，從尾端數來第三間便是柔柔現在的家。

然而即使不記住地址，他們家倒也格外引人注目，大門旁高掛著一只色彩鮮豔的花朵造形風車；底下的信箱被畫成童趣小木屋的外觀；連鐵捲門上也盡是徒手繪出的藍天白雲，右下方還有一對小朋友手牽手仰望著那片湛淨天空的笑臉。

看到這些趣味的設計，女兒早已手舞足蹈了起來，還央求著回家後也要把家裡改造成童話屋。女主人回眸略帶靦腆地說：「如果不是為了讓柔柔高興，哪會有人把家裡弄得這麼招搖。」一入內還以為是到了花藝專賣店，一株株綻放瑰麗或含苞待放的花草盆栽，被適宜規律地擺放，佔據了一大半原是要作為車庫的空間，下面還鋪有一層瑩白的鵝卵石當作襯底，正中央則座落一組大理石砌成的桌椅，儼然是一處小小的花園庭院。

女兒走到了這裡便像脫了韁繩的野馬，不理睬父親的呼喚，自個兒在那玩起了小石子。就這樣他獨自隨著女主人進屋，而男主人這時剛好從電視機，所播放午間新聞間的廣告片段抬起頭來，打過招呼後，得知柔柔才剛上樓回房，於是又讓女主人領著上樓。「柔柔，柔柔，有朋友來看妳囉。」

姐姐敲門輕喚著，半晌門依舊緊閉。姐姐又再一次扣著門板，這次敲完門後便直接扭開門把，入室後一股淡淡的薰衣草香味撲鼻而來，是書桌上一束插在玻璃罐中的薰衣草，被窗外的微風吹得滿室清香。再往裡面走，他便止住了腳步，床上淡紫色的被單底下露出一張安詳純淨的睡顏，那輪廓線條確實刻劃著屬於柔柔的稚嫩。他終於再見到她了，闊別多年的歲月，此刻再次站在她面前，彷彿穿越時空回到那場派對，他們相遇了。

還來不及阻止女主人喚醒沉睡中的容顏，那雙乍然睜亮的瞳孔裡，已映照出他的身影，於是他們又回到了最初相識的那一天。忽然從她口中不假思索叫喚出：「哥哥~哥哥~」，便揭起了一開始牽連彼此的絮語，胸口一熱，沒想到柔柔竟然還記得他。

沒有察覺垂落在臉頰的淚滴，因為頓時甦醒過來的往日甜蜜；因為那一句「對不起」的話語早已在脫口而出時，填滿除了想念以外的空隙，他終於又再度看見記憶中那女孩的笑容了。

客廳內笑聲四溢，男人女人男孩女孩都淹沒在這片歡樂海當中，卻見角落處的他顯得揣揣不安，身為男主人竟然是一臉凝重的表情，這樣的畫面著實令人覺得詭異、議論紛紛。直到門鈴聲響起，歡樂中應有的笑意才感染上他的唇邊，柔柔的笑臉在推開的門縫被漸漸放大，他起身迎上前去，輕輕執起她的手，沒有任何言語，只有他們彼此才會懂得的眼神交會，身後突然一陣躁動，只見眾人七手八腳地揭開一條布條，上頭寫著：「柔柔，歡迎回來！」

# 嘩啦嘩啦，天使在哭泣

當她再次遇見男人，才明白當初深切的渴望。在她所站的黑暗處，似乎有一絲曙光透射進來。雨後，終究會有陽光……

## 嘩啦嘩啦，天使在哭泣

宣綾心中突然泛起一陣驚懼，太安靜了。這一個下午，空氣中顯得太過於寂靜，一點雜質多餘的聲音都聽不到，好像這裡已經和世界隔離開來，變成了一座獨立的空間，任何聲音都進不來，而內部也貧瘠地找不出一丁點聲響。

不論是歸咎什麼樣的原因，這裡安靜得令人快忘了自己，甚至是其實還在運轉的世界的存在。不管是怎麼一回事，這股籠罩在空氣中的氛圍，讓她感到心中不斷湧現出恐懼這種東西，就像浴室裡壞掉的水龍頭，即使拼命拿來大毛巾，或是明知即使費力用雙手想堵住汩汩而出的自來水，但所發生的一切仍舊阻止不了。不停經過水管流洩而出的水量，正如同恐懼已入侵她的體內，也顧不得在院子掃集了一堆飄墜的落葉，丟下掃帚慌亂地跑進屋內。

她狼狽地逃上二樓把自己鎖在房內，在廚房張羅晚餐的母親，透過窗戶看見女兒這一連串怪異的舉動，憂心地尾隨上了二樓。輕喚：「宣宣，妳沒事吧？宣宣。」附耳在門邊等待女兒的回答，傳來一聲細微的回應：「沒事，讓我睡一下吧。」

母親雖掛念但還是順從地走下樓。房門的另一頭，宣綾側臥在床上，用棉被將自己緊緊地包裹起來，剛才的恐懼還沒有散去，就像已結凍的冰霜讓人冷得受不了，卻還是得乖乖讓它緩慢溶化流失。

她憎恨這樣的天氣，希望它能從這世界的天氣名單裡被剔除，只要讓它消失不見，要她做什麼都可以。「雨天」是個只配擁有灰色顏料的日子，那是它在這世上唯一的色彩。宣綾不是故意要去憎恨這樣的日子，她不是故意的，只是那段往事就如同身後的影子般，緊咬著她不放，甩也甩不掉，一直伏趴在背上，如同被詛咒的怨靈，慢慢地吞噬她的靈魂。宣綾抬起雙手用力遮掩住兩耳，想阻止那紊亂的記憶鑽進腦中，渴望把它封閉在密封罐裡，永遠待在那裡頭，然後她就可以遺忘它曾經發生在自己生命中的事實，就可以把它全然地丟棄在記憶之外。

那年她遇見了一個男人，瘋狂地迷戀著他，不留餘地奉獻她所有的一切。她二十歲；他二十七歲，相差七歲的年齡，她也用了七百多個日子在追逐他的背影。初次見面時，他倚在校門口外的石磚牆邊，留著過肩的長捲髮，高人一等的修長身材，不修邊幅的打扮，全身上下散發出頹廢藝術家的氣質，在這民風純樸的城市，即使是打扮新潮特異的學生，也不時對著那男人投以注目禮。

當宣綾的視線掃過他，就深深認定他是個適合抽菸的男人，因為那雙垂落在身側的修長手指；除了那雙手外，還有那張透著蠻不在乎、漠然的表情。不知道為什麼，擁有一雙修長手指的男人對她而言總有著莫名的吸引力。她的手指倒也稱得上勻稱，沒有肥短的指關節，也沒有粗糙的硬繭，算是一雙秀氣的女性之手。

只是後來她才知道他是討厭抽菸的，不喜身上沾染著那股難以消除的菸味。他們第一次最近的距離，是宣綾刻意走過他面前的一手之隔。第二次見面是她陪著同學到樂器行挑選吉他，而他正坐在鋼琴前彈奏著電影「海上鋼琴師」的插曲「Playing Love」，他們第二次的距離是宣綾站在他的斜後方，出神望著他領口處那顆有些鬆脫的鈕釦。相識後她才知道原來他並不喜歡穿襯衫，因為太正式的東西對他而言是一種窒息。第三次相遇，是她為他撿起了掉落的琴譜，他們的距離縮短到了一紙A4紙張的長度，當時她以為他是喜彈琴的，後來才明白他只是為了要證明自己。

第四次遇見，是在空無一人的社團教室裡，他們之間沒有了距離，如果硬要說有，也只是剩下兩隻手交握時的空隙了。第五次相見，宣綾坐上了他的摩托車，雙手環摟住他的腰，可以感受到胸前那團柔軟貼在他寬闊的背部，呼嘯而過的風吹亂她的髮，也吹亂她的心湖。坐在後座，嗅聞著他髮梢的汗水味，不由自主地俯靠在他肩上，宣綾覺得自己就好像伏在他背上一起飛翔，他們的雙眼看見了前方奔馳的速度，她覺得彼此間的距離只剩0.000⋯1公釐了。

第六次，宣綾將自己的第一次獻給了他，當激情過後，他像個嬰孩在她的肩窩口沉沉睡去，一隻大手還包覆在左邊的乳房上。宣綾忍受著下體的不適，順著他勻稱的呼吸靜靜地平躺著，她睡不著。

雙眼盯著隨意走進這間旅館的天花板，雖然房間內的擺飾稱得上典雅不俗，空氣中也飄漫著淡淡的香味，但她還是覺得不潔。表面上乾淨無瑕的淡紫色床單上不知有多少人，將做愛遺留下來的痕跡和體味覆蓋在上頭；窗邊垂掛的米白蕾絲窗簾不知見證過了多少具交疊的人體：腦子裡不斷想起了各式各樣的小事，怎麼也停不下來，更沒辦法好好理清自己的思緒，只是心底覺得對身旁這個男人的意識愈來愈沉、愈來愈掙脫不了⋯

男人是學校請來擔任吉他社團的指導老師，每次看見他被一群女學生包圍，對每一張私藏不純意圖的臉孔侃侃而談、應付自如的模樣，她的心就禁不住泛起陣陣酸楚；尤其當他那雙大手經不住眾人的要求，而握住那一隻隻對他伸出的女性柔荑時，她更是窒息地快昏厥倒地，那雙游移在她身上的手怎麼可以輕易握住其他女人的手。

每次她就只能在遠處用怨懟的怒目責怪著他，然而出了校園，她卻又無可自拔地朝他奔去。她承認他太有魅力了，雖然他並不是個會拈花惹草、處處留情的男人，但她就是沒有辦法放心；另一方面也是因為宣綾好幾次撞見他眼中眺望遠處的渴求，總覺得下一秒，男人就會離開自己去一個很遠很遠的地方。她常常心生恐懼，覺得自己老是追不上他大步邁開的腳步，他是個追逐理想的男人，然而她最大的理想卻是守著他。兩人的感情就這樣搖擺在一天天逝去的日子裡，直到宣綾走出醫院的那個炙熱午後。

她懷孕了。當她從醫生口中得知這個消息時，腦子一片空白，到最後是怎麼走出醫院，她也是迷迷糊糊地。坐在公車站亭的長椅上，她腦海中飛快地閃過爸爸、媽媽、奶奶、弟弟，親戚們、同學們、鄰居…的臉孔，最後才停駐在他那張慵懶氣息的臉孔，影像被逐漸放大逼近，到後來就好像是真實地印在她眼前。突然，一隻手在面前擺動著，宣綾才發現他是真的來到眼前，正彎腰屈膝看著自己。頃刻，她上前抱住男人的頸項，不發一言地掉淚啜泣…

當她走出醫院的大門，蒼白虛弱的臉色除了是生理上，同時也是因她的靈魂被切割地破碎不完整了。坐在外頭藍色的強化椅上，望著進進出出醫院的人潮，天邊厚重的烏雲絲毫沒有隱退的跡象，雨勢一陣一陣地催促人們加快腳步。最後她還是親手殺死了肚子裡的小生命，她殺死了自己的孩子。

雖然男人口口聲聲說要生下這個屬於他們的孩子，而且一定會負起全部的責任，照顧他們一輩子，那些話再三經過他的口向宣綾保證。她相信男人也一定會做到，但是她卻沒辦法視而不見，在那個所深愛的男人眼中，絲毫看不見一丁點興奮和喜悅，就算只是短暫地停留也沒關係，她只是想確認他是否出自真心地感到驕傲，期待這個孩子的誕生，但是沒有，什麼也沒有看到。

她終於知道這個男人並不愛任何人，他最愛的人是他自己。她怎麼可以生下這個孩子呢？不要一份只是憑靠責任和血緣羈絆來維繫的婚姻，她怕自己到後來會怨恨這個男人、憎惡他的孩子，如果沒有得到他的愛，她該怎麼辦呢？她實在沒有把握可以自得其樂被豢養在那樣的婚姻裡，默默守著不愛自己的丈夫，然後用滿滿的愛扶養這個兩人共同的孩子。

當她對男人說出自己心中的恐懼，回答她的是一陣默然，沒有辯駁、沒有拖延、沒有承諾，什麼都沒有，只剩下無語迴盪在兩人之間。她強忍住蓄在眼眶的淚水不讓它流下，在此刻她倔強地不讓自己的尊嚴跌得一文不值，他的一語不發比任何說出口的答案都來得讓她心寒。是的，她的心就如同被震垮的建築物，崩塌得只留下滿地的殘骸，沒有一處完整、沒有任何一塊記憶被全然地保存住。

那一晚她故作鎮定地走出他的視線，一路上跌跌撞撞狼狽地走進家門，不顧家人們的狐疑和關切，將自己鎖在房間，緊咬著下唇不讓哭聲溢出，不能讓痛楚被窺見。宣綾瑟縮在床上的身子，那顫抖無助的細瘦肩膀，沒有人看見。唯一陪伴她的只有在肚子裡發出微弱呼吸的生命，當她雙手撫著肚皮，口中低語地說著：「對不起，對不起…寶寶，對不起，對不起~~對不起，寶寶……對不起……」那個晚上是他們母子倆在這個世界共同依偎的最後一夜。她沒有告訴男人、家人、任何一個人，獨自一人走進醫院，又孑然一人走出來。她肚裡的生命來得靜悄悄，也走得沉寂。

這時外頭的雨勢已歇息，讓人幾乎感受不到方才那場猛烈狂下的大雨，就像誰也不知道她剛才親手毀了自己的骨肉，連男人也絲毫不知情。宣綾徹底斷絕了和男人之間的往來。向社團提出退社的請求；就算在校園裡巧遇見面，不是刻意迴避就是低著頭快速走過；手機也改了號碼。他們之間不再有一言一語的延續，就這樣日子也在兩人的僵局裡堆積著冷淡。

新學期的開始，她才得知男人離開了這塊土地，飛往紐約去圓他的音樂夢，一切好像又回到了她還沒遇見他之前。就這樣宣綾畢業了，脫離依賴家中的生活，開始生命中嶄新的另一張扉頁。原本她花樣年華的絢麗才正要開始，一切是那麼美好，就像是位勇敢的公主要駕著馬車去尋找自己的美麗人生；但是她卻被囚禁在陰冷狹隘的牢籠中，手腕和腳踝被沉重的鐵鍊給拴住，更遑論就連一丁點逃脫的可能性也被扣押在牢籠之外。

她被夢魘所困住，一縷縷地將自己綑綁起來。她不斷想起那一天，狠心地將未成形的寶寶從體內拿走，那份內疚感就像是寶寶遺留下來的血液，流進她的血管裡面，一寸寸地蔓延到全身，體內流淌的是不斷翻湧上來的酸楚。她對那天的記憶隨著日子的增加而顯得更鮮明刺眼，以為已經成為黑白的過往，卻像是陽光折射出的光線，那麼耀眼灼燙。不論何時何地，就算被工作量壓榨地沒有其餘的心思；就算偶而浮上嘴角的小確幸；就算把自己鎖在睡眠裡；就算有時享受異性的奉承諂媚，沉浸在魅力的自豪裡。她還是會想起那孩子，那未曾謀面的長相，卻有著被雕刻刀所雕塑出來的立體輪廓，在她心壁上高高掛起。

原本以為已是雲淡風輕的傷痛，卻還是那麼痛徹心扉、揪人靈肉。尤其當夜深人靜時，只要一閉上雙眼，那天躺在手術台的情景彷彿又再次上演。有好幾次她想奪門而出，在良知和慾念間拉扯，沒有人來阻止、沒有人來為她拭去臉角流下的清淚，她沒辦法求助任何人，任何一位出現在她生命中的某某某，事情只有任其發展。面對自己平坦的肚皮，其命運就只是體內剛形成的小生命的逝去，而陪伴在身旁的只有一滴滴悲慟哀悽、失去了知覺的淚水。

最近她常常做著一個夢，當她走出醫院，坐上計程車離去時，原本停歇的雨勢又傾洩而下，咚咚地敲擊著車頂、駕駛座前的玻璃，一聲聲強烈地落下，她的心裡好像也被那雨聲牽引著。突然，一陣哭聲響起，她側耳聆聽、四處張望，觸眼所及根本就沒有任何小嬰兒的身影，但哭聲卻愈來愈響亮，一陣恐懼襲上心頭，雞皮疙瘩從心深處竄上了毛細孔，她慌亂地詢問計程車司機，可他卻笑稱這種天氣哪來的嬰兒哭聲呀。

哭聲依舊持續傳來，這次她附耳在窗邊細聽。沒錯，就是從外頭傳來的，下意識搖下車窗，她才發現原來那些哭聲是雨水濺落在地上，然後分離迸發出來的，雨水從窗戶的空隙中斜潑進了車內，車裡突然響起刺耳的哭聲⋯⋯然後她就被嚇醒了。

連著幾日，宣綾都做著相同的夢，然後一樣是在車內的哭聲中被驚醒。才沒幾日的光陰，她已憔悴地面黃肌瘦，虛弱地下不了床；辭了工作，母親將她帶回家休養，然而不論母親如何動之以情、曉之以理，淚眼婆娑地哭訴，就是無法從女兒的口中，弄清楚到底是怎麼一回事。

經過母親長期下來的細心照顧，宣綾終於可以自己下床走動，不須倚賴他人的攙扶。當她站在院子裡，忍不住用手遮擋垂落在眼皮上的陽光，風吹起她的裙擺；搖動了聖誕紅的花瓣；晃著電線桿之間所連結的電線；送來了母親在廚房所燉煮的排骨湯香味，這些美妙牽起她嘴邊的一抹笑容，好像已經有好久好久的時間，沒有生活在這個世界上了，此時她心裡真的有如此深沉的感嘆。乍然，她想起自己的孩子卻從來沒有來過這個世界，領略這些美好；又憶起自己的自私殘忍，便旋即轉身折回屋內。

那場大病之後，宣綾再度回到職場，將全部的心力、時間全用在工作上，因此在職場上交出了一張漂亮的成績單。然而從那之後，她卻是一見到小孩子就避之唯恐不及；碰到要和小朋友共處一室的情形，也一定二話不說地開門走人，對於小嬰兒更加是沒有妥協的餘地。這些轉變根本就沒有人察覺是哪裡不對勁，包括母親也只是以為自己女兒是漸漸對小孩子失去了耐心。宣綾還是會作惡夢，面對它們她只有也只能選擇無力地承擔，或許是刻意對自己的懲罰吧。唯一顯得較為不同的是她不再脆弱，變得更勇敢、堅強。

直到那一天，好像是上天刻意對她的試煉，逼得她不得不去面對，好像勢必要歷經一切關卡，才得以消除她所犯下的罪孽似的。唯一的弟弟自從結婚後，整個人變得更為穩重成熟，當得知老婆懷孕，更是積極地在工作上力求表現。那天晚上，已是父母親在東部旅遊的第二天；而弟弟又臨時在早上被告知須至外地出差，就這樣在這個交會的時間內，弟媳即將臨盆。宣綾趕到醫院時，產婦已被推進手術室，當她看著那道不銹鋼的厚重大門，幸好過往的熟悉記憶還沒全軍襲捲而來時，大門便被開啟。

一名護士推著保溫箱迎面向她走來，宣綾一時屏住了呼吸，直到窒息感在胸口內發熱難受，才大大呼出一口氣。此刻護士已站在她跟前：「妳是xxx的家屬嗎？恭喜妳，剛才順利生下一名女嬰，妳要不要看看她⋯⋯」宣綾心想自己的表情一定是僵硬得可笑吧。她一句話也答不出來，明知道護士正用狐疑微怒的眼神盯著自己。

直到護士越過身旁將小baby推去嬰兒室，她就連低頭看女嬰一眼都沒有，頓時覺得自己實在悲哀可恨極了。她沒辦法移動腳步，感覺腳底好像被地上所生長出的樹藤纏繞攀附住，在原地站了好一會，直到弟媳從手術室被人推了出來。宣綾先去探望弟媳的情況，確認一切順利後，才懷著忐忑不安的心情往嬰兒室走去。遠遠地便透過明亮的玻璃窗，看見護士正用著專業的手法替嬰兒清洗污物，突然間那些蠕動的小身軀全躍進眼底，她臉上的血色一下子刷白，胃酸在肚子裡翻覆，嘔意直衝喉頭。宣綾立即蹲下身來，作嘔地想吐，但是什麼東西也沒有，只有酸水溢出喉嚨。

她把頭靠在雙膝間環抱住自己，五指死命地掐住手臂，直到經過的護理人員看到：「小姐，妳還好吧？是不是哪裡不舒服？」

「我沒事。」沉默一下，才咬緊牙迸出這幾個字。過了好一會兒，當嘔意似乎從體內消去時，她才緩緩地扶著牆壁站起身，背靠在白色的壁面緩和自己的呼吸，然後便頭也不回地朝醫院門口走去。身後依稀傳來的哭聲，來不及傳進她心裡，宣綾已選擇了落荒而逃。

直到這個風和日麗的早晨，她終於正眼瞧見自己的第一位姪女。因實在拗不過母親的要求，只好幫忙跑一趟用品店購買嬰兒尿布送往弟弟家中。她硬著頭皮按下門鈴，此時母親正在替媳婦坐月子，忙得走不開身：「宣宣，尿布買來了嗎？先擱著，快過來廚房幫我。」空氣中果然瀰漫著麻油刺鼻的香味，母女倆擠在廚房裡折騰了好一會，終於端出成果走進弟媳的房間。宣綾推開房門，一張嬰兒床便映入眼簾，而真正令她在意的是那個在沉睡中的小寶寶。

於是在門口便不由自主地止住腳步，還是隨後的母親沒好氣地將她推了進去。她緩緩地在床的另一邊挑張椅子坐下來，母親歡喜地湊近嬰兒床端詳孫女的小臉：「宣宣，妳快過來看看，這孩子長得多可愛，瞧她睡著了還在笑，還有酒渦哩！長大一定是個美人胚子。妳快過來看看，真是好可愛，快點來……」

面對母親再三的催促和弟媳自豪的笑容，最後她還是鼓起勇氣移到母親身後，但始終不敢靠得太近，就怕自己顯露出的異樣會惹來她們的疑心。望著那張小臉蛋，閉著的雙眼、長長的睫毛覆蓋在下眼瞼處，偶爾還會不由自主地眨動著，小小的嘴巴也會跟著不自覺地蠕動；而她的小手正用力緊捉著母親的食指。

宣綾覺得自己似乎攀住了一塊浮木，自己原本七上八下不安的心情，就像捉到了一根救命樹根，讓她感到莫名的心安；心中那藏匿在深層的恐慌竟沒有浮上檯面來主宰她的知覺，一切自然美好到讓她以為，奇蹟就這樣發生了。

突然，那雙眼睛睜開來，對上了宣綾的視線，熠熠發亮的瞳孔直望進她心裡，忽然她的心跳加快，像是發狂的馬匹快要衝出那木造的圍欄。宣綾捉著快要負荷不了的胸口，逃出房間。晚上，她躺在床上輾轉難眠，那雙澄澈的眼睛一直在腦海中揮散不去，甚至讓她想起那未出世的孩子，是不是她的孩子也是用那雙眼睛埋怨著她這個無情的母親；一股憎恨油然而生，她恨自己，更怨恨那個男人，都是他把自己害成這副德性。

她一直刻意遺忘那個人，這些年來她自許一直做得很好，把那個人當作是一張泛黃的照片，疊放在抽屜裡的最底層，讓他成為了相簿中最不起眼的一張，這些年來她自認一直做得很稱職。可是，今天晚上，他的面容竟瞬間成了最鮮豔耀眼的記憶，今日以前所付出的努力，就在頃刻間被全面性地摧毀，就像是用刺鼻的阿摩尼亞水將所有的氣味消滅取而代之，唯獨還會有他的氣味頑強地留在鼻尖。

宣綾憎惡地甩甩頭，為什麼又會想起那個男人，強迫自己閉上雙眼不去臆想。理智拉扯著情感，企圖想取得優勢，就在以為快取下得勝旗幟時，卻被反將一軍，敗得一塌糊塗。她頹然地下床，找出櫃子裡的安眠藥，已經有一陣子沒有碰了，宣綾以為自己已經不會再需要，想著想著……氣惱地混合著白開水吞下安眠藥。

在意識快跌入黑暗漩渦時，她隱隱約約看見那男人發亮的眼睛，可是……又像是那孩子澄淨的眼神，是男人還是小孩呢？她極力想分辨清楚，但是她好睏好睏～～～

原本以為她和姪女的連結就僅只於此，沒想到如今卻得和小女娃兒生活在同一個屋簷下，天啊，她連想都不敢想呢。房內，宣綾正打包著東西：「媽，我一定要搬出去，不管怎麼樣……」語氣中盡是堅定不移，然而母親的話語中卻挾雜著更多更不容忽視的威嚴。母女之間對峙的火焰高漲，最後宣綾喪氣地又取出放進行李箱的衣物，她還是無法戰勝母親執拗中的柔情。

因弟弟夫妻倆都有自己的工作，所以平日照顧小姪女的工作就落在母親身上。只是她害怕、真的好怕，心中那份沒辦法說出口的傷痛，她實在是恐懼著啊！就像現在得面對這種進退維谷的困境，父母親在盛情難推之下，相偕出席了回國朋友的聚會，所以此刻她得獨自面對那個令人畏怯的小女娃。

宣綾忐忑不安地坐在客廳沙發上翻看雜誌，斗大的黑色標題晾在眼前許久，她卻還是不知道內容在寫些什麼，一顆心全懸在房間內粉紅色嬰兒床裡沉睡的寶寶。該死，她就是無法靜下心來，平日就算家中有事，父母親至少也會有一人在家留守著，因此她倒也沒有太多複雜的情感在作祟。

但今天不同，此時就只剩下她和小小的她，一旦意識到這一點，她的心就不由自主撲通撲通地跳著。站起身躡手躡腳到廚房要倒杯冰開水，就深怕驚醒房裡的小人兒；當冰塊哐啷撞擊馬克杯的清脆聲響起，宣綾幾乎忘了呼吸，整個人瞬間被定格，短短幾秒間的不小心，卻幾乎奪走了她半條魂。屏息聆聽房間的動靜，就怕那聲直衝腦門的嚶嚶哭聲，好一會兒，整間房子一片沉寂，她才慢慢步回客廳，經剛才那麼一折騰，現在連冰水都沒胃口喝了。

望著時鐘答答一分一秒地逝去，宣綾還是抵不過內心翻湧上來的不安情緒，最終仍鼓起勇氣，朝那扇房門走去。她就是沒來由地泛起擔心，心底狂打哆嗦，腦子忍不住幻想起小嬰兒發生莫名其妙的意外，先前母親常把那些事情掛在嘴邊：「前陣子新聞上，報導小嬰兒在睡覺時，也會有窒息的危險，真是太恐怖了；還說什麼東西掉下來，砸死了熟睡的嬰兒……」

她緩緩推開房門，緊張到握住門把的手心都冒出汗來。當她看見粉紅色嬰兒床在自己眼前一點一點地展開全貌，那雙小腳慢慢延續到胸前衣服上小白兔的圖案，她才不自覺地呼出一口氣，終於讓懸掛的心放落下來，感到踏實的心安。宣綾沒有退出房間，那張睡顏將她的步伐移進了房內一旁的沙發，她感到不可思議，內心一股腫脹的熱流在體內湧出，莫名地想掉淚，鼻頭一酸、眼眶發熱。牆壁上光線柔和的小夜燈，將房內所有的擺設全鋪上了一層柔黃的光暈，那小小的身軀如同發出微光的精靈，沉睡的臉龐還露著笑意，想必夢中正和一群同伴在森林追逐嬉戲吧。

這一切全映在宣綾那雙水汪汪的瞳孔裡，她絲毫沒有察覺心中的恐慌跑去哪裡了？不會知道此刻她正用著愛憐的眼神望著這一切？不會明白為什麼她會在那裡看著這一切？也許在這所發生的事情根本就不需要答案……春去秋來，人行道上的綠葉只剩三三兩兩還掛在枝枒上隨風搖曳著，宣綾手上挽著一個印有可愛小熊圖案的紙袋，裡頭裝有兩套長式棉布的寶寶連身裝。

最近天氣轉涼，早晚氣溫的變化更是容易引發起感冒。她剛才下班經過嬰兒用品店，念頭一轉，人便已站在櫃檯前面了。姪女的模樣最近很常停駐在她的腦海中，雖然還是無法除去心中對嬰孩的恐慌；有時午夜時分仍舊被夢魘驚醒；有時依然會聽見在身後傳來像是怨恨驚心的哭聲。可是她卻也開始著迷那張小臉上的各樣表情，時而杏眼圓睜，時而漸逐笑顏，時而微蹙眉頭，時而嘟嘴吸奶。竟也開始期待被那隻小手緊捉食指的親密連結，偶而也好想從母親的懷抱中接過那柔軟的小身軀，有好幾次想自告奮勇拿起奶瓶餵食那張貪吃的小嘴，即便沖泡牛奶早已成為她的例行工作之一。

其實宣綾很高興自己有這樣的轉變，在她心底還是祈望能親手再將小生命抱在懷裡，她想要將這份疼惜的心情保留住，就算上天懲罰她這輩子不會再有自己的孩子，她也甘心承受，因那是她對未出世孩子的償還。只是除了這份能給予懷抱的溫暖，是她怎麼也不想輕言丟棄，也是她僅有能付出的心意啊。

後方傳來一記尖銳的剎車聲，引起了她的注目，只是相差一大段距離，便絲毫不在意地繼續往前走；而方才那名闖越紅燈的人影，在民眾虛驚一場的注視下，拔腿不知在追逐著什麼人。過不久街道華燈初上，各店家外頭各式的招牌彼此爭奇鬥豔，為的只是要能吸引消費者的眼光，走進門來光顧消費。在那一片繽紛的燈海照射下，宣綾踩著堅定的腳步，只想快點回到家。

突然，她聽到自己的名字依稀在混雜的人聲鼎沸中響起，一聲、二聲、三聲……沒錯，的確是有人在叫喚她，停下腳步回眸搜尋那聲音的來源。頃刻，周遭像是被人惡作劇地切掉任何聲音，只留下死寂的無聲，她想要立刻轉身逃跑，或是像隱形人一樣可以瞬間消失不見，但她只是呆立著，不由自主地站在原地。如同有人從地底下竄出手捉住她的雙腳，就這樣一動也不動地看見那人朝自己逼近，她的心跳聲震耳欲聾，但是她卻連抬手摀住雙耳的力氣都沒有，因為她受到的衝擊太大了。

「宣綾。」簡短又生疏的開頭，是她和男人再度重逢的第一句話，這聲叫喚像是把一粒小石子丟落大海，沒有半點漣漪，既無聲又沒半點分量。宣綾只是看著那張臉沒有開口說話，彼此無聲地對峙幾分鐘，男人倒先開了口：「妳好嗎？」

「……」

「我上星期才從紐約回來，前些天才和幾位朋友見面，今天就這麼幸運地遇見妳了。」

「……」

「宣綾，妳不要這樣子，我知道妳恨我，我不奢望能得到妳的原諒，但請妳和我說說話，好嗎？」

「……」

「宣綾……好吧。那我先走了，妳自己回去小心。」

宣綾不待他說完，立刻掉頭走人，將那男人炙烈的視線狠狠拋在後腦杓，只是淚水在她轉身的瞬間，便已爬滿了雙頰。宣綾幾乎是用衝的跑進家門，將自己關在房間，走進浴室扭開水龍頭，讓水聲將自己包覆住，然後坐在馬桶蓋上痛哭失聲，那聲音裡有著太多太多的傷心，彷彿還能滲出鮮紅的血絲來，那麼地悲痛淒厲。她憎恨自己的懦弱，為什麼還要為了男人在這裡淚如泉湧，難道到現在還記不住教訓嗎？所受的傷害還不夠嗎？她應該恨他入骨，而不是為了街上的一場巧遇就把自己關起來以淚洗面。她不要再這樣對待自己，不允許再讓那男人來傷害自己，她絕對不允許。

星期五一大早，宣綾便被窗外吹進的寒意喚醒，坐起身將腳下的被子拉起包裹住身體，意識恍惚地望向外頭陰濛的天色。沒多久，一場大雨毫無預警地突擊了大地，吹進房內的風又更強了。

她望著雨勢，想起昨夜又來擾人的舊夢，夢裡那走出醫院時所聽到的哭聲，一如往昔在指控她的罪孽，是那孩子在對她發出的怨恨之聲，在叫喊著：「不要拋下我、不要殺死我⋯⋯」哭聲中總是帶著濃得化不開的哀傷和絕望。

也許已經成為一種習慣，她學會了藉由作夢來譴責自己的罪過，只求能彌補對那未出世孩子的傷害。明白自己今生必定為那嬰靈所纏縛，可是她卻從不確定自己真的後悔當初的選擇嗎？當躺在手術台上時，其實還是可以說出拒絕，但是她並沒有，是為了什麼？當時明明心裡害怕的不得了，也好幾次想逃出那間冰冷令她作嘔的手術室，可是她卻什麼也沒有做。這些年來她一直在思索這個問題，為什麼？到底是為了什麼呢？

雨勢驟停，她仍移不開視線，死盯著遠方半空中，強迫自己什麼都不要去想，因找不出答案的疑團快把她的腦袋擠破了。當意識漸漸從迷糊中清醒過來，正打算解開棉被下床時，突然瞥見了天邊一道淡而明的彩虹，雖然像是隨筆畫下的淺淡顏色，但那的確是一道雨後出現的彩虹，已經好久沒看過彩虹了。打從孩童時期仰著頭，興奮地大喊大叫指著天邊綻放的驚喜色彩後，就不曾有過了。

天色頓時明亮起來，宣綾覺得心情似乎也跟著明朗些，這時住家圍牆旁一抹人影吸引她的注意，靠近窗邊仔細一瞧，竟然是「他」。雙眼還有昨晚大哭後所留下的紅腫，眼泡尚未消除，怎麼他又出現了。昨晚對自己的承諾在此時又浮上心頭，是的，她才不會輸給他呢。但手還是不自主地拉起窗簾，心想：「他來這裡做什麼？怎麼還有臉來見我？他究竟要做什麼？？？」千百個答案浮上心頭，卻沒有一個是停留下來的。

宣綾掀起窗簾布的一隅，他還在那裡。這時，正看見父親抱著小姪女踏出家門的身影，父親向來有在清晨散步的習慣，只要小姪女有時起得早，他也樂得當起褓母。宣綾緊盯著他和父親擦身而過的交會，就怕兩人會有所交集，結果沒想到父親真的停下腳步。她心急地正想出聲喚住父親時，接下來的景象，卻吞沒了她未出口的話語。他竟然抱起小姪女，手勢笨拙卻小心翼翼，一副深怕自己的粗手粗腳會弄傷了懷中的小寶寶，而臉上竟還浮現出一絲靦腆不知手措的笑容。

宣綾哭了，她終於知道了。明白為什麼自己當初沒有做出離開手術室的抉擇？原來她要的就是他那抹笑容，和她一樣可以對他們的孩子露出那般的笑容；雖然生澀驚慌但是卻幸福知足，只因那抱在懷中的寶寶。她就是不願意讓自己的孩子活在父母親層層的哀恨和怨嘆下，不要在他的四肢縫上牽引的細絲，讓不幸福殘缺的家庭造就一名悲哀可憐的傀儡人偶。她死也不要讓自己的小孩，步上這比消失不見還痛苦的一生。

因為害怕恐懼，所以她選擇不讓他來到這個世上，當初那個男人無情的無語，把她心中僅剩的希望轟炸得灰飛煙滅，連同她和那個孩子的存在價值。一場糾纏她多年來的惡夢，和眼前所見的景象，是多麼諷刺的對比啊。她用手背抹掉淚水，轉身將那看來洋溢幸福的畫面拋在腦後，這一切都已經太遲了。

事到如今，對男人來說也許事情已經過去了；但對宣綾而言，在前方那團驚濤駭浪的漩渦，是她不管怎麼努力也無法游得過去，唯一的下場就只有沉溺，她是注定看不見漩渦前方的廣闊湛藍了。當她下樓時，父親已散步回來，正在陽台上細心地替一株株用心栽種的罕見藥草植物澆水；而小姪女則躺在嬰兒車上張牙舞爪，呢喃著只有小嬰兒才懂的囈語。

她今天刻意拖磨著時間，比平常出門上班的時間還晚，只為了不想遇見屋外那個男人；卻惹得母親不時傳來催促、叨唸的轟炸。在不遲到的時間最底限下，她終於踏出家門，但眼睛仍不免左顧右盼，就怕突然迸出一個人影來，惶惶不安地走到公車站牌處，一路上都不見男人的蹤影，心中的大石頭才敢放下，頓時整個人也放鬆不少。這時公車從路的尾端駛來，宣綾在隊伍中最後一個上了車，投完零錢，一抬眼，在眾目睽睽下就像一具被繃帶綑綁的木乃伊，動彈不得呆立在原地。這時車子起步時的衝力，讓她踉蹌站不住腳，根本來不及反應，眼見整個人就快往前俯倒時，時間停止了。正確來說是一隻有力的手臂拯救了她下墜的身體，此時它還環在自己的腰際上。

宣綾甫定神，感謝的話語才剛要說出口，眼神觸及到身旁的救命恩人時，便硬生生地閉了嘴，忿然拍下還搭在腰部的手，直挺挺地往後方的座位走去。車上乘客們看著原本該是一場英雄救美的戲碼，沒想到劇情急轉直下，引來了一張張饒富興味的面容。尷尬不已的男人，只能勉強堆出一個笑意，回應一雙雙炙熱的目光。他走到宣綾單人座的身旁，雙手各拉住前後椅背上的鋁製桿，將宣綾圈在自己的身下。一路上他始終不發一語，而宣綾的目光也一直穿過車窗落在飛逝的街景上。下了車，男人似乎有著自知之明，只敢尾隨在她身後，也許是沒有肩並肩的自詡吧。

就在快到公司的一百公尺處，男人交給宣綾一個紙袋，並說了一句話，便轉身離去，隱沒在上班打卡巔峰時期的人潮裡。男人走後，宣綾並沒有隨著人海，湧進辦公大樓內，而是走到前方被公共藝術品所圍繞的噴水池邊坐下。深深吸了一口氣，才慢慢打開紙袋口，動作輕柔地拿出裡頭的東西，小心翼翼把它捧在手掌心，是一雙淡黃棉質的嬰兒手套。宣綾再也忍不住將臉埋在掌心哭了起來，後方噴水池汩汩流出的水聲包覆住她的哭聲，也滲透進大樓與大樓間隔處所灑射進的陽光，光線照在水面上折射出炫目的亮彩，這一切在宣綾的背後漫出一幅水光交影的驚人之作，而主角就是她。

當情緒逐漸緩和下來，才察覺出在嬰兒手套中似乎還有個小小的硬物，解開來一探仔細，沒想到竟是兩枚戒指。伸出手指試戴了其中一枚，意外地剛好是她的戒圍，想起他剛才說出口的那句話：「讓我們一起去面對吧。」在剛才她當下的心情，彷彿整個人就站在大馬路上，目睹一輛大卡車飛快地向自己駛來的心驚恐慌；然而現在心情卻平靜地如身後的池水般透澈，可直見底部深處。她將右手五指伸向天空，望著套在無名指上的戒指，清藍天色的背景將它襯托得好美好美，絢麗得那麼無邪潔淨、那麼一塵不染。她所經歷過的種種彷彿被賜予了生機，以新生命的姿態再度從土壤中竄出新芽，滿心期待開花結果的豐饒。

這一刻的氛圍是宣綾盼求了多久的奇蹟，結果就在瞬間從天而降來到她身邊；凝視這天賜的奇蹟宛如有一世紀那麼久，她垂下手，將戒指取下放進棉袋裡。對於男人的承諾宣綾收下了，但並沒有把握能夠走進那份諾言裡，他們已經距離太遠了。曾經留下的傷害，永遠不可能消失、遺忘，只是她腦海中那張嬰孩怨恨的表情已漸漸被撫淡，她相信笑容會再度讓自己與那個孩子重見光明，她如此堅信著。此時，天空突然下起了幾滴雨珠，然後又瞬間止息。望著落在手臂上的雨滴，知道這並不是自己的錯覺，晶亮剔透的水珠附著在肌膚上的溼意，方才的確有下過雨。但很快雨的蹤跡將會被蒸發，而我們還是會活在陽光底下。

# 等待放晴的雨天娃娃

原本小時候感情甚篤的姐妹，歷經了姐姐的疏離、驟世，她不顧一切地只想要贖罪，挑下扶養姐姐女兒的責任，走過在雨天遭遇的悲傷，然後遇見了他……

# 等待放晴的雨天娃娃

下雨了，這個世界突然蔓延出只有在雨天才會出現的氣味，潮溼地、有一股萬物被淨化過後的清新感。溼溼答答的水珠懸掛在透明的玻璃窗上，有些無力地滑落成水漬，有些仍幸運地依它原來的樣貌佇立在窗上，掬住窗內一個個寂寞人的目光。

那一年夏天，他們在一個下著綿綿細雨的日子有了交集，一位看似平凡的男子，卻注定一輩子停留在她心中；一段如薄暮曖昧不明的關係，就這樣在兩人之間糾纏不清牽扯不斷。也許兩個人的愛情有著屬於自己的溫度和灼熱，別人無法靠近也無從去辨認其真實面貌。

那天，當天空突然倒下了一串串透明細小的水珠顆粒時，她仍然有著優雅從容的姿態。前方十字路口的交通號誌亮起了紅燈，雙手搭在方向盤上，看著一具具穿越斑馬線的身影，只有少數人撐起繽紛的傘面躲避細雨的洗禮，好似在宣告著：「哈哈哈，我有帶傘唷。」其他多數人則為天空的情緒化而氣惱著，感覺就算有一整天的好心情，也會因為這場雨而被沖洗得一乾二淨，心情糟透了。她總覺得那被雨所佔據的世界，是填滿著濃濃的悲傷，就連活在這世界的人們，也會顯得狼狽愁悵。

坐在車內的駕駛座，望著眼前的畫面，心中一股熟悉的痛楚又在胸口翻攪著，清楚知道那道傷口又再度崩裂開來，就算經過時間的淡忘，但只要這世界還有雨天的存在，就算是結痂的舊傷口，還是會再流出新血製造新的裂痕。因為在她心中對過去記憶流淌的是淡忘，而不是遺忘。號誌切換成為綠燈，腳底離開煞車板，繼續行駛在這灰濛黯淡的雨中，必須儘快抵達幼稚園門口，五歲的小潔發燒了。接到母親從家中打來的求救電話，連忙向公司請了假。

「阿華，妳快點去學校接小潔，老師說她發燒了，得快點帶她去看醫生……」當她走進幼稚園，經過教室外頭的長廊，不自覺地放輕腳步聲。一個個躺臥的小身軀正安靜地午寐熟睡著，那一張張小臉蛋有著和小潔同樣的純真，感謝這個雨天並沒有盤踞在他們耀眼的世界，亦如她保護小潔的心一樣。

走進辦公室，一抹熟悉的身影朝向她奔來，同老師打完招呼，便牽起那隻小手直奔小兒科診所了。坐在候診室外的沙發上，外面的細雨依舊在侵蝕世界的表面。撥弄躺在大腿上小潔垂掛額頭的瀏海，她不捨地看著這張沒有精神的小臉；另一方面也氣自己，今早送小潔上學時，怎麼沒發覺她意外少話的異樣。她必須要做到更好才行。

走進診療室，這位戴著金邊眼鏡的醫生，是她們再熟悉不過的，只要小潔有什麼傷風感冒就會來這報到，打從『以前』就是這樣。而小潔也喜歡這位醫生，一見到他就算是病懨懨，也會打開話匣子向他問東問西。只是阿華和這個男人仍僅止於醫生和病人家屬的關係而已。

醫生出自真心地問道：「小潔，是不是感冒了，看妳的臉紅成這樣，是不是在下雨天偷偷跑出去玩啊？」

小潔辯解地死命搖搖頭：「我才沒有呢。我也不知道怎麼會這樣？真是討厭。」

「好，沒關係，我來看看小潔到底是怎麼了？乖，嘴巴張開。啊～～」

醫生轉頭對阿華交代了一些注意的事項，她心想：「這男人應該會是個好爸爸，因為他有一種能使人放鬆的溫柔。」

道完謝走出診療室，雖然早知道小潔是個懂事堅強的孩子，但阿華就是無法不問出口：「小潔，還有沒有哪裡不舒服？」

小潔搖搖頭說：「小阿姨，妳不用擔心，我沒事。」

阿華心疼地揉揉她細軟的髮絲，孩子有時比大人們來得世故。領完藥正準備離開時，醫生突然出來喚住她們的腳步，「等一下，那個～～，我這邊有幾張朋友送的兒童劇場的票，如果妳不嫌棄，有空就帶小潔去看吧。」

阿華看著他手上的票，心中猶豫著該不該收下，但是抬眼一觸及他溫柔的眼神，還是伸手收下了。雖然不明白到底是什麼原因讓她這麼做，但當瞥見外頭的雨勢不知在何時停止掉落？她的心已清澈地探索不出任何思緒來。那個下午，雨停了，而有些事情正在發生……

「小阿姨～～小阿姨～～快點啦。」

小潔高亢的童音，從大門口傳了上來，早已約好今天要一同去野餐，就她們兩個⋯和他。自從那一次帶著小潔在兒童劇場與那位醫生偶然相遇後，他們就這樣開始了。一段不陌生的熟悉感在兩顆寂寞的心之間，擦出如星光般暖和的溫度，將這對男女的距離愈拉愈近。

隨著相識的時間漸增，她對他的依賴也相對加重，更加離不開他眼中似乎怎麼看也看不夠的柔情，她不知道自己對這個男人到底是懷抱著什麼樣的感情？即使他已佔據了她的心，但那真的是愛情嗎？她沒有把握，一點也沒有。

他是真的了解她，了解她心中的痛，了解姐姐發生車禍去世後，她所受的傷；了解獨自扶養姐姐所遺留下來的寶貝─小潔，她所受的苦；了解那個家很早很早以前就已支離破碎，她所受的悲。有時候，她總不禁在想，也許他倆的緣份早在很久很久以前便已約定好。姐姐還在世的時候，總是三天兩頭就帶著體弱多病的小潔往診所裡跑，因而和身為醫生的他成為無話不談的好友。那段歲月時光她不曾參與過，然而關於她的一切，卻總是在他們倆之間的話題溜轉著。直到姐姐離開人世，當她第一次帶著小潔上門求診時，他眼中透露出的光芒，好似她已是他生活中的一部份；而她漠然的表情，則是因為對他的全然不解。

從那天起到今日，她明白他更懂她了。可是她有像他懂她一樣瞭解他嗎？這樣的質疑像水中泛起的漣漪，一波波在體內渲染開來。「小阿姨～」樓下又響起催促的叫喚，她趕緊將手中的寬緣遮陽帽往頭上一戴，連忙奔下樓，心想今天還是快樂地去野餐吧。

當車子奔馳在鄉村的綠蔭大道時，望眼看去盡是綠得像油畫裡那飽滿粉嫩的自然風光，坐在後座的小潔早已忘情地又叫又唱，情緒顯得極為興奮。抵達大草原，三人迫不及待地把車上運載來的行頭全搬下車，直到一切準備就緒，在一句「開動了」的魔咒施下後，六隻手便朝著美味的食物進攻。看著這一大一小知足地吃著她準備的食物，阿華感覺幸福好像真的來到自己的身旁，不覺心想：是因為他的出現，所以也帶來屬於我的幸福嗎？此時正好與他的目光相對，那張臉露出了一抹再迷人不過的笑容，又伸手將我被風拂亂的髮絲輕柔地塞向耳後，冀望，幸福應該已經來到我身邊了吧…

回程，已累壞的小潔正安穩地躺在後座沉睡著。車內流洩著鋼琴聲柔美的演奏音樂，彼此之間的氣氛像是延續了綠色芬多精的舒展，兩人都沒有開口說話，只是靜謐地享受此時毋須言語的時刻。阿華完全沒想過，自己還可以擁有這樣閒適的時光，或許這應該是一種奢侈吧，至少對她而言是如此地界定。

在那道醜陋傷口的底下，還會有幸福的出現嗎？其實她絲毫沒有信心，不，應該說是早就認定那樣耀眼的幸福已和自己成為兩條平行線，不可能有交集的一天。以為這痛已不會再流血，以為復原的傷口是真的痊癒，可是為什麼有時卻還是會滲出血絲來，鮮紅帶有濃郁的腥味竟是那麼強烈地襲入視覺和嗅覺裡，怎麼避也避不了，就像是整個人要被吞沒掉一樣。阿華不想讓這如命運般不可違的羈絆，套用在他身上，他沒有那個義務也用不著承擔那份悲情的沉重。想著想著，當心中竄升出的陰鬱想像開始無止境地蔓延，淹沒了初萌的情感，心中便開始架起了拒絕進入的屏障，臉上竟也浮現漠然的神情。

一旁的阿邦隱約察覺到車內氣氛起了微妙的變化，偏過頭發現身旁的她原本柔和的神韻不知在何時褪去，取而代之的是陌生人之間刻意保持距離的寒霜和拘泥。他不安地試探問道：「怎麼了？是不是哪裡不舒服？」對方沒有任何回應，鋼琴曲目這時剛好切換到下一首較為輕快活潑的曲子。車外夜幕降臨，一盞盞隨之亮起的燈火，把漆黑驅趕到了人類居住城市的邊境。

正當他開口想再說些什麼時，阿華搶在他之前：「今天非常謝謝你。不過，我想我們以後還是維持簡單的關係就好，不需要摻雜太多太複雜的感情。」

「妳是說愛情嗎？」

他語氣中有著刻意的壓抑，阿華沒想到他如此坦率，心一慌連說出口的堅定也顯得零散無力。

「抱歉，我應該一開始就表明自己的立場，目前在我心中還沒有餘力去應付愛情這種東西。」

「是因為小潔嗎？」

「不全然是如此，是我自己的問題，因為發生了一些事。」

她倒也不隱瞞，因為他已知道她太多事情，只是那些傷口在他所觸及的範圍外仍流著膿水。

阿邦不知是善解人意還是自知分寸，並沒有接續下來的問題。車內持續著一片無言的沉靜，直到抵達她們的公寓住處。阿邦在她喚起小潔前，說了這番話：「不要困住自己，也許我對妳的瞭解比妳知道的還多。用不著強迫自己遺忘過去，但也請不要陷進那灘泥濘中，這樣只會害垮妳自己也拖累了小潔。我知道妳姐姐的離去一直讓妳耿耿於懷，所以妳在懲罰自己。但請相信我，妳姐姐並不希望看見這樣的局面，她要的是妳和小潔都能快樂地活下去。不管最後妳給我的回答是什麼，都請不要害怕和我見面，我不想造成妳的壓力，只是希望妳過得好，好嗎？」阿華只是靜靜地聽他說完，望著他離去的身影。

哄著小潔入睡，她心神不寧地進去浴室梳洗，可是半個鐘頭過去，她仍穿著衣服，坐在浴池邊，一手拿著牙刷、一手抓著肥皂，而浴缸裡置滿的熱水，早已冷卻了溫度。她甩甩頭，擰了一條溼毛巾，覆蓋在臉上，一陣涼意浸透肌膚，思緒又轉到方才離別前他所說的話。

「我是在懲罰自己嗎？因為姐姐的離開～我被過去所綑綁了～」她的腦中開始竄進了一些人生過往，無法忘懷的一些事……

還記得小時候，她們姐妹倆的感情是親密的，然而不知從什麼時候開始？生活的代價把彼此之間的熟稔替換成了漠然和距離，她始終不明白為什麼這一份手足之情竟會走到這步田地？

小時候家中的經濟算是富裕，爺爺是地方上的大地主，擁有多塊田地；而父親又娶了身為村長掌上明珠的母親，所以姐妹倆小時候儼然就是家中的小公主。

只要遇有能在鄉民面前露臉的機會，她們身上必定是穿著質料高檔的小洋裝，還會頂著母親費心打扮的公主頭；其實就算沒有這些奢華的表面功夫，村子裡的人也都知道這對姐妹花是誰家的孩子。那時候的童年，小朋友們只要一看到電視上播放著新玩具的廣告，便會爭相耍賴著要爸媽買，等到隔天走進班上，便會立刻變成風雲人物。雖只有一夕之間的差距，但靠著這小手段，可以從不起眼的小角色，躍升為暫時的大人物的人，倒也不少。

記得有一回，因父母不肯買電視上的新玩具給她們，姐妹倆手牽著手，沒跟家裡的人說一聲，便逕自往玩具賣店走去。不管旁人說什麼她們說要就是一定要，在寵溺的親情豢養下，造就成她們太過於執拗的性格，這在兩個小女生體內流竄的因子，也為兩人的將來帶來了不可磨滅的印記。

回程的路上，兩人興高采烈把玩手中的新玩具，想像著明天一定又是班上的明星人物。絲毫沒有發覺尾隨在身後的人影，當她們走到杳無人跡的空地，那團黑影迅速衝到她們背後，擄走了妹妹，一切發生得太突然，姐姐呆楞了一會後，立即放聲大哭急喊著救命，所幸被幾個剛從工地下班的工人們出手相救。

當家中看見姐妹倆哭哭啼啼，掬著一把眼淚一把鼻涕被一群人帶回家來，聽完事情的始末，雖免不了招來一場責難，但家人們更感激她們的平安無事。那天晚上，姐妹在暈黃的夜燈照射下，頭倚著頭肩並肩沉沉進入夢鄉，像是為這場意外的驚險許下彼此守護的儀式。自從發生那件事後，每次只要一出門，姐姐一定會牽著她的手，即使有著家人們的陪同，她還是會緊緊地握著，不肯鬆手。

可是那衣食無缺豐厚的歲月，在她即將升上國中時，卻劃下了句點。自從爺爺過世後，父親變賣土地為了經商投入大量資金，可是他把人性想得太過純善，萬萬沒想到活了大把歲數，竟視人不清啊。那位他所信任的得力助手竟把公司所有款項全部帶走，當父親察覺時，人已逃得不知蹤影了。

自此那個家便一蹶不振，原本感情甚篤的父母親，也經不起金錢的試煉，三天一小吵五天一大吵，果真應驗了貧賤夫妻百事哀。就這樣她們從戴著皇冠的小公主變成了為五斗米折腰的庶民。從兩人唸高中起便開始半工半讀的日子，直到大學畢業後各自離家工作，姐妹間的接觸因此逐年減少。到了後來，就算節日回到家中，彼此見到面、一同坐在電視機前的沙發上，也像是一對熟悉的陌生人，就算是兩人交談也僅僅於寒暄的意味，大多時間存在彼此之間仍是無言的靜默。這樣的情況直到姐姐結了婚、生下孩子，她的祝福雖從沒有缺席，但是那也僅止於傳遞祝福罷了。

直到有一天，她接到姐姐的電話，約說要見個面。這是第一次，這麼多年來，姐妹初次在家裡以外的地方見面。那天晚上，她在餐廳等了良久，正當盼不到人出現要起身離去時，才見姐姐姍姍來遲推門而入。待姐姐一坐定，她怒火中燒正要出言質問，姐姐那張脂粉未施的臉竟掛滿淚水。原來那天她才剛和姐夫辦完離婚手續，從律師那邊趕了過來。

是因為出軌，長相斯文對女性又溫柔體貼的姐夫，即便是結了婚、育有一女，仍舊有不少女人主動投懷送抱。外在的誘惑實在太多，這個世界也太過絢麗，很少人能把持得住。雖然姐夫再三表明只不過是一時意亂情迷，發誓絕對不會再有下一次，可是已經太遲了，姐姐無法忍受婚姻中有絲毫的不忠。因為他的妻子不是別人，而是她的親姐姐，同她一樣流著執拗的血液。不論是在愛情或婚姻中，她們都無法忍受不忠，就算是沙子掉落的痕跡，也同樣撕扯著她們的情感和理智。

是的，她和姐姐在愛情革命裡，通常是最先棄械投降的，只因為她們都只想要，相愛的兩個人那張最天真最純粹的面孔。那一夜她安靜地吃著飯；姐姐則是默默地流著淚，從旁人的眼光看來，這會是多麼詭異的組合啊。

可是那一頓和姐姐共享的晚餐，她卻吃得自在無比，並非看見姐姐在自己眼前落魄的模樣，而是她所滴下的眼淚，彷彿把彼此之間的漠然，一塊一塊地洗去，在每一滴傷心的淚水之後，似乎能漸漸地看見一些東西。自那天之後，姐妹間的革命情感瞬間復甦，血緣的牽引不會被空間和時間所切斷，就算有時你絲毫感受不到它緊緊拉扯的束縛，但它確實就繫在自己的腳環處，一起踩著相同步調前進著。

她開始找回了與姐姐之間的熟悉感，可是這樣美好的日子，卻只持續了短短三個星期，是個連月數都無法湊足的零碎日子。姐姐走了，是該死的車禍。那一天她受姐姐之託，去托兒所接小潔回家，才剛一踏進家門，正要幫小潔準備晚餐之際，電話在這時響起。急忙冒雨趕到醫院時，已經來不及了。她來不及見姐姐最後一面；而小潔來不及喊出一聲媽媽。

當她們坐在長廊的椅子上，來來往往的醫護人員和病患，沒有人在意她們發生了什麼事，她們就像是被人縮小擺放在肉眼看不見的隙縫裡，沒有人聽見、沒有人看到。

她撫摸著小潔側躺在大腿上的小臉，兩頰還殘存著外頭風雨的涼意，方才還仰著那張臉問道：「媽媽是不是睡著了？」她一句話也答不出來，完整的思緒在被告知姐姐死亡的消息時，就已支離瓦解了。她縮著肩極力克制住身體的顫抖，不想吵醒安心入睡的小潔，她不知道此時該怎麼面對小小的她，只能選擇默默地落淚，咬著下唇不讓聲音溢出。那一夜，她的家人們全都到齊，唯獨她所愛的姐姐缺席了。

當她被淚水模糊的雙眼，轉頭望向長廊盡頭的玻璃門時，好像依稀看見姐姐的倩影在雨中翩翩起舞，旋轉一圈又一圈，然後漸漸消失在雨中⋯⋯

坐在公園內的銀亮ㄇ字型的護杆上，她望著在沙堆區嬉戲的兩個小女孩出神，銀鈴般的童稚笑聲、圓潤的滑嫩臉頰、在橘紅色夕照中眨啊眨的眼睛，然後她的視線越過這些景象，停駐在後方正坐在鞦韆上奮力擺盪的小潔身上。她把小潔留在自己身邊，沒有交託給任何人。

雖然父母堅持姐夫應該負起全部的責任，包括照顧自己的女兒和姐姐的死。為此她特地把姐夫約了出來，當她看見他神色自若地出現在眼前，心底頓時升起一股濃厚的厭惡感。雖然之前早已有過數面之緣，對他的感覺仍只停留在待人有禮、應對得宜的言行舉止上，但今日一見，卻已在心中打定主意，「一定不能把小潔交給他。」

她知道姐姐和這個男人離婚是對的選擇，因為他根本就不愛姐姐。在他身上完全嗅不出一丁點悲傷的氣味，做了幾年的同眠夫妻，到頭來只換來他那一身光鮮打扮的對待。

當她說出希望能代替姐姐照顧小潔的請求，雖然他得體地表示那應該是他身為父親該做的事，只是在那層皮囊底下，她卻感覺出對他而言小潔是個燙手山芋，就算體內流著親子的血液他也不在乎。

眼前這個男人不配做為一個父親、一個丈夫，因為他最愛的那個人是他自己，不是天真爛漫的女兒；也不會是全心全意為他付出的老婆。當談話結束，彼此取得了共識，她正要起身離去時，也許是還僅剩一點父親的尊嚴：「小姨子，每個月我會寄生活費過去，把地址給我……」

說完正要掏出紙筆，她看了男人一眼冷冷地說：「不用了，小潔會過得很好。」然後頭也不回，踩著高跟鞋昂首走出咖啡館，把那男人拋在腦後，今後她和小潔只能往前走了。

她後悔了。早知道就該把那筆錢收下，原來自己也只不過是個為生活忙得焦頭爛額的平凡百姓，如今不僅得養活自己還得精心栽培小潔。當生活中的齒輪一關攀附著一關，那她就得花費更大的力氣來推動讓它運轉，這些倒還不打緊，因為就算再怎麼辛苦，只要望著小潔那張和姐姐神似的笑顏，她就感到寬慰。她真正所擔心的是以後的路該怎麼辦呢？如果自己遇見可以廝守終身的對象；如果生下了屬於自己的孩子；如果她以後開始覺得小潔是個累贅那該怎麼辦？她才知道自己竟是這麼自私、膚淺。

這些「如果」她只需要去想像規劃，可是小潔卻得全然承受。日子就這樣在她的矛盾心態中一天天過去，就在時間快把這些煩人的憂慮驅除時。那天上午她正在處理上司所交代的文件時，突然接到母親的來電，告知小潔在幼稚園發燒了，她趕緊向公司請了假……

週末的早晨，對阿華而言是最快樂的時光。因她能擁著小潔任性賴在床上消磨時光，然後穿上舒適的衣服，兩個人一路上嬉戲踩著輕快的腳步，去享用可口豐富的早餐。通常她都會點一份鬆餅和熱咖啡，而小潔則是依她的心情，像今天就點了份火腿蛋全餐和冰奶茶，然後她就會沉浸在所帶來的書中，小潔也會乖乖地在位子上畫起圖畫。當然有時候也會耍著小孩子脾氣，嚷嚷吵著要回家，只因她太無聊了。今天的咖啡館顯得異常雀躍，這氣氛著實讓她無法靜下心來閱讀，而小潔也被傳染地蠢蠢欲動，於是用完餐便決定不逗留，帶著小潔往回家的路走去。抬頭望著無雲的陰暗天色，空氣裡也透著悶熱的溫度，她猜想今天應該會下雨。

心中盤算著乾脆租幾部片子窩在家中：「小潔，我們今天就在家看電影，好不好？」

只見小潔興奮地附和道：「好棒哦！看電影~看電影，那我們就看⋯」於是她們走進影音出租店，兩個大小女生開始認真地挑選想要看的片子，最後拿在手上的是一部卡通動畫片和一部溫馨勵志片，因為顧慮到小潔，所以血腥煽情的當然是不行囉。

回到家，小潔突然提到：「小阿姨，我們可以請醫生叔叔一起來看嗎？」她心裡也想著這個問題，可是妥當嗎？畢竟這樣的邀約好像隱含著曖昧的意味；但是只不過是一起看部片子，又沒什麼大不了，況且還有小潔在場？我又何必拿放大鏡來看待呢？可是說不定人家已經有約了？到後來還是由小潔撥出了電話。

當門鈴聲響起，不待她反應，小人兒立即從沙發上跳起飛奔去開門，「嗨，小潔。」阿邦滿臉笑意地打著招呼。「醫生叔叔你好。」

當他接到小潔邀約的電話時，其實心裡是有幾分竊喜的。一入屋，環視屋內的擺設裝飾，儼然正是女性柔美的居家風格，他剛在鵝黃色的沙發坐下時，阿華便從廚房端出了飲料、水果和餅乾。

當兩人的眼神交會，空氣中隱隱約約漫著尷尬的氣氛，其實他們還不知該用什麼樣的心態來看待之間進退兩難的關係，到底兩人的關係該用什麼來界定。因為那些彼此沒有說出口的話，任誰也臆測不出。阿邦率先打破沉默：「不好意思，打擾了。」看見他臉上浮現的靦腆笑靨，她也不自覺跟著笑開，凝重的氛圍頓時化散開來。

兩人之間夾著小潔窩在沙發上，專心看著動畫片，其中笑得最開懷的當然是中間的小主人翁；緊接著播放第二部，劇情還沒演到一半時，阿華突然覺得手肘一沉，原來是小潔睡著了。一旁阿邦示意要抱她到床上，她搖搖頭，慢慢抽出自己的手肘，讓小潔舒適地躺在自己的大腿上。

當她再度沉浸在影片中，情緒被帶到劇中單親媽媽的酸楚悲痛，心口一酸、眼眶一紅，眼淚就這樣嘩啦地掉下來，怎麼也止不住它的速度，這時，一隻手伸過來遞上面紙。當故事結束，劇中單親媽媽最後克服生活困境，排除萬難才得以和兒子共同生活，這是一個幸福的結尾。

那麼她和小潔的會是哪一種呢？賺人熱淚的故事終止了，但她的淚水卻持續在流；而外頭也不知何時，開始下起了雨，把窗戶玻璃沖刷得模糊不清。她在這棟漂浮在雨中世界的公寓裡默默流著淚，好像是要把自己所受的一切全變成眼淚流向外面的雨海，最後隨著時間蒸發到了天上，沒入藍得無邊無際的天空中。

當情緒漸漸緩和下來，她才不自覺地開了口，不是為了要解釋自己方才的失態；也不是因為他不加以追問的溫柔體諒，單純是一股衝動，她壓在心底的話就是想要說出口。

挾雜著淡淡鼻音，低頭將小潔的瀏海往後撫順，露出光亮白皙的前額，娓娓說著：「小時候，我和姐姐的感情很好。但自從爸爸經商失敗，家中的經濟重擔頓時壓在出身富貴的父母身上，到了一把年紀還要為了討生活，在人家的頤指氣使底下工作，所以家中的氣氛總是在他們相互埋怨然後掀起戰火中度過；而我們無憂無慮的童年，也跟著被不耐和厭惡這個家所取代。然後我們兩人漸漸沒了交集，就這樣日子一久，只要一回到家便馬上把自己關在房內。那個曾經美滿的家庭，卻變成只要一見面就爭吵不休的四個陌生人。

大學畢業後姐姐和我先後搬離家中，出了社會更是難得和姐姐見上一面，就這樣我們幾乎都快遺忘另一個手足的存在。因此當姐姐打電話來時，其實我是滿懷戒心去赴約的，因為早已不打交道的姐姐怎麼會在這時捎來電話。剛好前幾天，我也才剛和交往三年多的男友分手，或許是命運的牽引吧。那天晚上，聽見姐姐說出她離婚的事情，我才意識到，原來我們的心一直是緊緊依偎著，她的心情和決定，我完全能夠認同，就像是我心中所做的選擇一樣。

只因我分手的理由，和姐姐離婚的原因是相同的。原來我們愛上同樣類型的男人，品嚐揪心的傷痛，做出了讓自己難堪的決定，我們是那麼的相像。那頓晚餐，雖然我並沒有說出任何安慰的話語，只是不斷地咀嚼送進嘴裡的食物，任由她在面前掉淚。或許就連端來餐點的服務生也覺得我可惡、不通人情吧。但我就是知道，唯有這麼做，只要安靜地陪在姐姐身邊，讓她自己理清好思緒，照料自己的傷口，讓它慢慢地癒合。那一夜，我們就這樣療養自己心裡的傷，就這樣我們姐妹的感情漸漸找回了以往的熱情。可是…她卻無聲無息地走了。我都還不及跟她說我愛她，她就這樣走了。

姐姐過世那天深夜，我帶著小潔回到姐姐的住處，整理她的東西時，無意間看到她多年來所寫的日記本，把小潔哄上床後，拿起好幾本日記在客廳讀了起來。我才知道姐姐所受的苦，當家中經濟出現問題，除了得應付情緒化的父母；到了學校還得受幾位幸災樂禍的同學冷嘲熱諷。上了高中半工半讀，也是為了要爭一口氣，不願再伸手向家裡拿錢。因為那時父親希望她高中畢業就趕緊出外找份工作來貼補家用，同時也是為了幫妹妹掙學費。

父親認為她是家中的長女，有照顧家裡的責任；另一方面也是因偏心地認定妹妹會比較有前途，所以就得為妹妹犧牲奉獻；但她不服輸，發憤苦讀還是考上了大學。當她終於畢業可以離開家時，母親卻哭著向她求情，希望她能嫁給地方上那個教書的男人。因為對方早就託媒人上門來提親，然而姐姐說什麼也不肯嫁，還為此和母親鬧得不可開交。最後這門親事並沒有談成，姐姐也因此可以如願離家求職，但母親那雙怨懟的眼神，卻永遠留在母女間的心底，氳成了一團陰影。彼此知道那不是時間可以遺忘的，只能等待下一個時機。

而那個時機就是她披上婚紗的那一天，但是也在她簽下離婚協議書時又再度破滅。母親無法諒解一個帶著孩子的女人，怎麼可以走上離婚這條路。日記中也記載著在那場婚姻裡，姐姐是多麼煎熬和心痛，面對丈夫的花邊消息，除了一再對左鄰右舍的流言蜚語澄清解釋；還有雖然接受了丈夫真心的懺悔和保證，但絲毫沒有感到心安的折磨。

因此簽字的那一天，即使心在淌血，但姐姐卻真的得到了解脫，她才終於擺脫掉那段提心吊膽的生活。這一切原本可以是過著安穩日子的開始，這是姐姐應該得到的……」阿華抬眼望著中間隔著小潔的阿邦，沒有任何的情感意圖，只是想在他的眼中看見認同的瞬間，但是那雙眼清澈無比，她絲毫搜尋不到什麼。

「可是那一個晚上，她就這樣走了。當我趕到醫院，看著她毫無血色的面容、握著她冰冷的手，我根本不知道究竟是怎麼回事，為什麼才一天的時間，姐姐就從我的生命中消失。那一整個夜晚，我只能聽著外頭下個不停的雨聲，唯有這樣才能阻斷我想像姐姐在流逝生命的經過。只要思緒間有了空隙，我便會立刻想起姐姐滿身是血、睜大瞳孔，無力地躺在那場大雨中，溼答答血淋淋地竄進我的腦海。而當我看著小潔的睡顏，那張小臉竟隱約重疊著姐姐的輪廓，那時我便決定要代替姐姐好好撫養小潔，但是我卻沒有把握，我想要保護小潔，可是……」

發覺自己的淚水就快滴在小潔的臉上，她連忙想要擦拭時，突然一隻修長的手拂拭了它的掉落。她呆愣住，訝異他溫柔的舉止，連眼淚滑落的速度都變得緩慢。耳邊傳來他沉穩、溫和的音調：「在還沒遇見妳之前，我就已經認識妳很久了。聽著妳姐姐和我聊起妳的一切，妳知道那對我而言是什麼感覺嗎？就像是體內流著一股清涼的溪流，那麼透澈那麼令人感到舒暢；就像我第一次見到妳時的那份悸動。當妳穿著碎花白色長裙推開門走進來，我知道就是妳，那個傳說中的女孩終於出現在我面前了。從那天起妳的面容在我心底愈來愈清楚，從原本只有依稀淺淡的輪廓，到最後那兩道眉毛彎曲的形狀我都能清晰易見。

看著妳臉上出現笑容的次數愈來愈少，我開始手足無措，想要幫助妳，可是妳所築起的防護牆太高太厚，讓我一點辦法也沒有。直到妳帶著發燒的小潔出現，看見妳紊亂慌張的神情，那一刻我知道自己是多麼想要保護妳，所以當妳收下我手上的票時，我內心高興地想大喊。那天兒童劇場的表演，我懷著忐忑不安的心情找尋，直到在座位上發現妳們的身影，我刻意在散場後假裝巧遇妳們。

但在幾次相處之後，我才明白妳心裡所欠缺的愛，並不是我所能彌補的，因為妳覺得對姐姐的歉疚就像是一處無底洞，恨不得把所擁有的一切全丟入那黑洞，為的只是想讓虧欠能減少一點，可是一點用也沒有，對不對？」

阿華感到一陣冷意，但兩頰卻又滾燙地發紅。無言揪著那對深邃瞳孔，不敢置信自己企圖掩飾的心事，在他的面前卻赤裸得一絲不掛，他怎麼會知道？一直以來不想正視的心魔，現在他卻毫無預警地逼她挺身應戰。阿華心虛地打算抱起小潔逃離他身邊時，阿邦卻早一步站起身擋在她面前，阻止她離去的意圖。兩張臉的差距就在不到十公分的距離，硬是把她逼回沙發上。「阿華，妳不應該再逃避了。妳姐姐一直以來對妳就只有滿滿的疼惜，她深愛妳這個妹妹。也許妳從來不知道……」

他慢慢屈膝跪了下來，凝望小潔可愛的睡臉：「她並不是妳的親生姐姐，是妳父母在妳未出世時所抱回來的嬰兒。當時她父親是妳爸爸最好的朋友，因為家中經濟拮据，於是妳父親二話不話便領養了那名女嬰，她就是妳的姐姐。」

她驚嚇住，不斷地搖著頭：「不可能，這是不可能的，不可能——怎麼可能——」

「她是快升上高中那個暑假無意間聽到妳父母親的對話，雖然沒辦法接受這個事實，但她知道自己必須要為這個家付出。而妳說妳們倆到後來漸漸沒了交集，其實是她覺得自己已沒有那個資格再擁有你們的愛，因為自己始終只是個外人。

但是她敬愛著扶養她卻只有屬於妳的父母；珍惜著妳這個和她相似的

妹妹。這些年來她覺得沒有資格再和妳有任何牽扯，但就是忍不住透過妳們共同的親朋好友，來關心妳過得好不好。直到簽字離婚那一天，她實在忍受不了，才會想要看看妳。雖然她在婚姻中傷痕纍纍，但仍舊覺得幸福，因為妳又回到她的生命裡，這些全是她親口對我說的。我到現在都還可以記起她眼裡透出的光采，和嘴邊淡淡的笑意。我相信是妳帶給了她最後的幸福。」

當「最後的幸福」的字眼傳進阿華的腦中，眼淚就如同窗外的雨勢，愈下愈大、愈發不可收拾，將枕在腿上的小潔給吵醒了，揉著惺忪的睡眼：「小阿姨，妳為什麼哭？是不是電影太感人了。乖，不要哭了，乖，不哭了。」

小潔張開兩隻小手圈住小阿姨的頸項，下巴靠在纖弱的肩膀上，喃喃說著：「乖，不哭了，不哭，乖——乖，不哭，不哭了，不要哭——」

漸漸地童音沉默在雨聲中，小潔趴在肩膀上又睡著了。

阿華不禁破涕為笑，心裡覺得好安心、好溫暖，在身上的重量好像是小時候姐妹倆相倚入睡的記憶，感受著姐姐柔軟觸感的體溫，此刻她就像是正被姐姐和小潔緊緊地擁在懷中。

注視著面前這個男人，發現在那副鏡片後竟閃著淚光，不自覺抬手摘下了眼鏡，輕柔地揩去垂掛在眼角的淚珠。在他的眼中竟然看見了自己微笑的模樣，唇邊扯起的弧度、眼裏明顯閃爍的笑意。突然她的模樣消失了，因為一抹落在唇邊的吻，讓她不禁闔上了眼。窗外仍舊稀稀疏疏地下著雨，但烏雲卻漸漸退散開來，露臉的陽光將光線斜灑進屋內，正溫柔地落在小潔的童顏和他們倆交疊纏綿的側臉上。

# 雨繭

那一盤盤裊繞出白煙的菜餚，

那一句說出口的「對不起」……

## 雨繭

她恨母親，卻又矛盾地在意著她。這樣的心情她始終無法釐清究竟是怎麼一回事？她和母親之間到底是否存在著親情，她一直是沒有把握的，就連是否在乎這一個生下她的女人，她也已不確定了。

從小，她總習慣站在門縫邊觀察著母親的一舉一動，兩人之間的距離就在斗室之內，但彼此的交集卻是無語，她和母親之間的牽連，似乎僅只於那薄弱的一絲血脈。打從她懂事以來，母親便從未摟抱過她，也鮮少正眼瞧過這個女兒。

那時的她一直以為是不是自己做錯了什麼而惹怒母親；也曾一度想像自己其實並非是母親的親生女兒，種種的猜測一直在小小的腦袋盤繞，然而想要得到的證實，卻一直沒有在她身上兑現過。已不只一次問過父親，為什麼她和母親之間的相處模式和班上同學差那麼多，父親總是敷衍地找來藉口搪塞，或者佯裝有事情脫身，次數多了，她便也放棄追問其中的緣由。

也許是因為父親對她的愛已彌補了母愛的不足吧。「只要有父親的愛就足夠了，我根本就不需要什麼狗屁母愛。」她一直是這麼對自己說的。這樣的聲音不斷地在心中響起，字字句句敲進她的腦海中，時時刻刻在提醒著。

可是當她生命中面臨到潮紅的初現；第一次走進內衣專賣店的窘迫；被父親粗手紮起的散亂馬尾辮子；每年康乃馨佔據花店店面的日子；聽見同學討論起在家中與母親間的爭執。那些用來安慰自己的話語，瞬間便像是受潮的壁面上所剝落下來的油漆塊，那麼經不起考驗，只有更令她深覺難堪、心揪痛著，對母親的恨也因年數的增加而堆積得更加牢固。

小時候，自有記憶以來，就明白她口中稱為媽媽的人，並不喜歡她這個女兒。在她小小的世界裡頭，實在不明白為什麼會這樣，為什麼她就不能和其他同學一樣，紮著母親精心設計的髮型，沾沾自喜地去學校炫耀；為什麼無法在午休時刻，站在校門口引頸期盼母親提著飯盒滿頭大汗出現的身影；學校舉辦活動時，為什麼參加的總是萬紅叢中一點綠的父親，母親到底在忙些什麼？遇有發燒感冒時，也從不曾在床邊看過那一抹焦急擔心的母愛輪廓。對於一位母親一般所認知的無止盡付出，她從來不曾享有過，從來不曾。

她時常猜想，也許這個無情的女人並不是她的親生媽媽，為了想減緩心中的恨意，她總會編織許許多多的可能性；她真正的母親為了生下她，而難產死在手術台上；或是為了逼不得已的理由，被迫只好丟下父女倆；也有可能是因為母親的家人們不贊成這樁婚姻，為了將她與父親兩人分開，而強行把女兒帶回家，不肯讓他們相見⋯⋯每當這些情節活靈活現地在腦海中上演時，她總會著迷於那些想像中，彷彿就像是真正的事實般，讓自己可以如此相信。但是它們卻也像一場虛擬的幻境，只要經父親這麼一笑置之，瞬間也就煙消雲散破滅地無影無蹤。

殘酷的現實就是，她的確是那女人懷胎十月所生下的親生女兒，身體內也的確流著和她一樣的血液，這才是她無論編出多麼精彩絕倫的故事，也無法被取代的現實生活。她和母親之間像是訂下契約似的，除非彼此需要，否則從不願有所接觸，就像處在同一間屋子裡的陌生人般，過著屬於自己的日子，對方在做什麼，干我什麼事！

母親甚至連正眼瞧她一眼，也像是看見噁心的蟑螂般嫌惡。她憎恨那女人施加在自己身上的屈辱，強忍住不斷翻攪出來的自怨自哀，克制住想殺了那女人的衝動。是啊，連她自己都嚇了一跳，原來她內心所積累的怨恨，已經使她變成了復仇的撒旦。

對於母親年輕時的事蹟，她都是偷偷聽來的，父親從來不曾和她聊起母親的任何事。只有在他和母親那少數的對話中，她才不經意得知到，原來母親和她母親之間的感情也極為生疏，而且似乎非常憎恨自己的母親。她才意識到自己從未見過這名傳說中的「外婆」。

那時的她還不明白自己正重複著母親身上那團陰魂不散的怨恨，直到多年後她才瞭解到，這是屬於她們三個女人的宿命，是她們注定擺脫不了的命運。另一方面也從左鄰右舍的八卦流言中，聽聞母親在還未嫁給父親時，在職場上是位能幹的女強人，賺了大把大把的鈔票，但卻被別的男人騙了精光，正巧那時剛好讓父親看上母親的美貌而上門提親，母親當下便一口允諾這門婚事，然後倉促地辦了場婚禮；也聽說母親曾因對自己的母親恨之入骨，在三更半夜趁沒有人的時候，親手點火想燒死自己的母親，所幸最後被巡邏經過的警察發現而及時滅了火；還說起母親因為被那男人騙光了所有積蓄，而要拿刀殺死那名男人，但最後並沒有得逞，左手臂還為此被那男人砍了一刀。

這些傳說她始終不知道是真是假，為了得到證實，她還曾刻意想看清楚母親的手臂，是否真有刀刃留下的痕跡，然而母親卻終年都穿著長袖上衣，即使在氣溫高得嚇人的夏日，也依舊讓棉布把自己的肌膚裹得緊緊，所以她根本連一窺究竟的機會都沒有。母親對於這個都會社區的居民而言，就像是一團解不開的謎，而唯一能解開這團迷霧的人就只有父親。

每當外人只要一提起母親，父親永遠是那張一〇一號的笑臉，久而久之，居民的好奇心被磨損、被其他事物所取代，對於母親這號人物，就僅剩那茶餘飯後才會偶爾提起的角色。到後來，母親所存在這社區的面貌也逐漸被大家所習慣了。可是身為女兒的她，卻怎麼也習慣不了這個做為她母親的女人，因為對母親的恨，是再怎麼努力也無法釋懷的，就像是不時湧出的新血，天天都在刺痛她的知覺，唯一習慣的就只是這一份椎心之痛。

對於母親，她也想做出絕情和傷害。可是，偏偏就是抑制不了想偷偷瞄她一眼的慾望，想再看一眼她連接脖子下削瘦的鎖骨弧度；在下眼瞼處紋上的濃黑眼線；那微駝著背，伏在案上寫字的背影。

有一次走過她身旁，斜眼一睨，才知原來那雙寫字的手竟是這麼好看，修長地往五指延伸，沒有肥短的指關節，一條條淺淡的青筋，被光透的皮囊密實地覆蓋連結著，指甲也以合適的長度生長在指肉上，她不得不承認那雙手好看到令她著迷。

走進房間關上房門，不自覺舉起了雙手，就著窗外照進來的光的背景，這是一雙短小的手。她想，這才是她所引以為傲的。因為它一點都不像母親的手，心中頓時泛起了陣陣竊喜，可是過沒多久，方才母親那雙手的影像又盤上心頭，就像十指纏繞交握住了她的思考能力。那天晚上，她夢見了母親那雙修長的手。不可否認，母親有張會令人忍不住多看幾眼的姣好容貌，和一副纖細結實的好身材。論外表而言，父親反倒顯得黯然失色許多，那一對因常年配戴眼鏡的小眼睛、扁塌的鼻梁骨，雖然是張極為平凡的長相，可是她認為父親的臉就是適合這樣的五官搭配組合，彷彿他天生注定本該是如此。

從小她總會撒嬌地依偎在父親略微削瘦單薄的胸膛，那觸感實在是稱不上舒服，好像只能觸摸到皮囊底下那一根根肋骨，絲毫沒有脂肪柔軟的肉質彈性。而且說實話，她並不喜歡父親這副顯得寒酸的軀體，因弱不禁風的外表反倒襯顯出母親耀眼的存在。她厭惡這種強烈的對比，明顯的身體構造，只是更清晰地讓她體認到，母親碩大的陰影，盤踞壓迫在父親的身上。

雖然父親沒有強健高大的體魄，但他卻懂得很多事情。父親是鄉鎮上的小學老師，早在她出生以前就執起了教鞭。自小看著父親坐在書桌前看書的背影，她也跟著有模有樣學了起來。雖然當時只能看著書中生動有趣的圖畫發笑，但隨著年紀慢慢長大，認識的字也突飛猛進多了起來，有事沒事也像父親那般，老往書房裡頭鑽，取下書架上那一排排書冊中的一本，埋首就是一個下午。

因此小小年紀就掛著厚重的眼鏡在鼻梁上，父親總愛打趣道：「妳就同我一樣是個四眼田雞，其他就全像妳媽的模子印出來。」她也老是不服氣地回說：「才沒有，我比較像你。」

可是心底明白，她的確還是比較像心中所怨恨的母親。

記得那年考取了外地的大學，只好搬進學校附近租金便宜的公寓。那一天，出生以來首次要離家的早晨，拎著簡便的行李，拖著沉重的腳步，來到了大門口。父親千叮嚀萬囑咐地交代各種注意事項，而在一旁的母親從頭到尾始終是一副漠然的神情，在她心底也絲毫不期待母親會有多不捨。

雖然可以逃離母親在外頭自由地生活，著實讓她高興不已；但另一方面，卻又捨不得留下父親獨自一人在家面對母親。離家前一晚她偷偷避開母親的視線，溜進書房同父親悄聲商量道：

「爸，反正我都要在外面租房子，乾脆我們一起搬出去，好不好？好不好嗎？爸~~好啦~爸~~~」不死心拉著他的手肘，撒嬌地遊說道。

看著父親不捨的容顏，又想起昨晚父親那強硬的語氣：

「不行，怎麼可以這樣對妳媽？怎麼可以丟下她一個人孤孤單單。」

她呆愣住，壓根沒想到父親會突然用這種口氣說話。而父親似乎感覺到女兒的錯愕，原本嚴厲的語氣隨即緩和了下來。

「不要對妳母親心存怨恨，她不是有心的，只是她沒辦法放過自己，千萬不要怪她，知道嗎。」

這些話不知從父親的口中說出第幾百遍了，但是究竟母親有著什麼樣的苦衷，他卻從不曾透露。她對母親的心結不可能因父親簡單的幾句話就能解得開。這時站在身側的她，才發現父親的頭頂竟然有幾根半白的髮絲，眼角的細紋也更加明顯了，她傾身擁抱父親，驚覺父親的身子是曾幾何時，變得更為瘦弱了。

頓時，眼眶一紅、鼻頭一酸，語氣也跟著哽咽起來：

「爸，你要多保重，一定要按時吃飯，還有書也不要看得太久。一到放假的時候，我就會回來。」

當她拿起行李正要轉身之際，突然，沉默不言的母親突然開口：

「妳自己要小心。」

短短的六個字，卻如同被敲響了六下的鐘聲，在她心裡縈繞不散，一直到坐上巴士，她仍然無法置信，這句從母親口中所說出的叮嚀。她無法揣測母親說這話的心情是如何，是隨口提起？還是根本就不具任何意義？唯獨只有「關心」這可能性，是她想也不可能想起的。

當巴士駛上大馬路，她的眼淚才撲簌簌地流出，幸好當時車上那些離家的遊子，也已然沉浸在自己獨自的情緒裡，絲毫顧不得他人的真情流露。這止不住的淚水，她知道是為了父親、為了自己即將面對的未來，為了這傷心的愁緒，但是有沒有摻雜些許對母親痴心妄想的情思？或是根本連想像的想法都不可能有的悲哀。她分辨不清，淚水把她的視線變得模糊，也讓她的心失去了原本對某些事情認定的堅持……

畢業之後，她便留在中部工作，堅決拒絕了父親希望她回家的殷切期望，希望她能夠回到這座寂寞冷清的孤島來和他作伴，可她就是沒辦法。飛出牢籠的鳥，在翱翔過寬廣無際的自由天際後，還願意透過那所圍繞起的鐵架，遙望那片無法觸摸的藍天嗎？還能裝作無知，假裝認為那是被呵護的幸福嗎？她做不到啊！

那天，拿到畢業證書的那一天，雀躍的心讓她忘情地和同學們玩樂在城市裡的大街小巷，一一向KTV、電影院、PUB注入了用之不盡的熱情，絲毫忘了家中守在電話旁的父親。直到午夜過後，在漫著無邊無際令人窒息的靜默客廳裡，一道道切割無聲空間的電話鈴聲，突如其來迴盪在這間屋子裡。打開房門，啪啪倉促走下樓的室內拖鞋聲，父親快速地接起電話，迫切想結束這不該出現在黑夜中的聲音。

可以嗅出教養良好的父親，有一股蓄勢待發的怒氣。

「喂～」

「爸，是我啦～」

彼端，傳來女兒顯得亢奮的聲音。

「跟你說，我今天好開心哦，現在終於脫離學校，得到自由了，呃……，對不起，今天我和同學因為太開心，所以跑去喝了一點點酒，真的只有那麼一點點唷～～」

「妳現在在哪裡？」

父親的語氣反倒顯得異常沉著。

「呃～我啊～～我現在在住的地方。爸～，我好睏哦，要去睡了～～」

好像說完這句話，她馬上就能立刻倒頭呼呼大睡。

「妳明天就回家來，聽到了沒！」

父親的語氣是命令式的。

「我不要~~我不要再回到那個家，永遠不要再回去了。那裡還算是一個家嗎？還是一個家嗎？？⋯⋯」

話筒留下嘟嘟的回響，她朝著父親大喊這些話後，便已側身滑進柔軟的夢中，丟下另一端的父親。把沉睡的他吵醒，說了令人介意的話語，她便安心地熟睡著，而父親抵著話筒的手卻遲遲無法落下，他的黑夜正清醒著呢。當太陽再高掛藍空的正上方時，她捎來了電話，是父親接起的。

「爸，對不起，昨天我有點醉了，對你胡說八道的。還有⋯⋯關於搬回家裡的事，我想就先留在這邊找工作，看看情形如何，⋯⋯所以⋯⋯就先不回去了~~」

和昨晚堅決的語氣相比，她更心虛此刻虛偽怯懦的態度。

「孩子，爸只是以為妳想回來這個家。如果妳沒有這個打算的話，我也不想強迫妳⋯⋯」

彼端突然無聲。

「爸~~」她吶吶地叫著。

「我只要妳快樂就好。有空就多回家來，讓爸看看妳。妳媽……並不是不愛妳，只是她也無能為力，妳可以瞭解嗎？」

「不！我根本就無法瞭解，什麼叫做她無能為力，明明是替自己辯解的藉口。」

她在心中大喊著，但嘴巴上還是順從地虛應道：「我知道~」

這樣卑鄙虛情的遊戲讓她更加憎恨母親，都是因為她，所以才會扯出這些令她覺得面目可憎的謊言，全是因為有那樣的母親，她才必須承受這些，都是因為她……

這一年過年前夕，不知道為什麼，她竟然選擇回家過節。自從在外工作後，她就刻意避免在這種意謂著闔家團圓的日子回家。因為就算回去了，也沒有絲毫她所期盼的溫情，雖然覺得很對不起父親，但她還是無法跨越和母親之間日積月累下更強烈的陌生，她就是沒辦法。

但這一年想不透是什麼樣的原因，她還特意婉拒男友的邀約，執意要獨自一人回家過節。開車北上的路途中，陣陣忐忑不安的情緒不時滲透進體內，也有想馬上掉頭回轉的強烈念頭。因她實在不想處在那股團圓的年節氣氛中，還得承受母親那早已幾近透視的冷漠。

現在的她已經有權不去面對那些傷害和折磨，她不要再像傻瓜般，默默接受母親那猶如黑潮漩渦般的致命侵襲，把她捲進了死命掙扎也無法脫逃的煉獄，她絕不允許這種事再發生在自己身上，決不！

即使現在的她早已不用無力地去承受，也練就了視而不見、毫不在乎的鐵灰面具，但那份蟄伏在心中長久的恐懼，還是讓她掙扎良久。實在搞不懂自己究竟在搞什麼東西，為什麼就是要挑這種時候回家？心情反反覆覆，勉強給出了一個合理的解釋，但旋即又被莫名而來的胡思亂想給掩蓋過去。雜思來來回回，情緒就像沒完沒了在彼此面前故作多禮地回敬對方，然而時間也就這樣，把她帶到了家門口。

下午四點多，灰濛的天空沒有太陽露臉的機會，吹來的涼風可以感覺到些微的溼氣，大概可以預測今天應該會下雨吧。父親正戴著他那副老花眼鏡，專注地閱讀著報紙上一個一個油墨字體，絲毫沒有察覺到女兒回來了。她嘴邊露出一抹若有似無的笑意，輕聲喊叫：「爸～」

父親聞聲一抬頭，呆愣了一會兒，隨即牽動臉上顯見的細紋，漾起了「很開心」的笑。那一瞬間，她好像看見了父親背後那巨大的孤單寂寞，隨即鼻頭一酸，眼眶竟蓄著淚水，趕緊趁轉身取行李之際，緩和自己莫名的感傷愁緒。

一進家門，父親連忙說著要趕緊去黃昏市場，採買一些晚上的料理食材，她直嚷著用不著大費周章，不然上餐館用餐也行。可父親執意要親手張羅豐盛的一餐，只為女兒難得在這過年時刻回家團圓；也執意不肯讓她一同前往，只因擔心女兒開車回來太勞累了。

父親出門後，家中只剩母親和她兩人同處一個屋簷下。站在母親的房門外，雙眼緊盯著那扇木門，心想母親應該是知道她回來的，雖明白她絕對不會走出那扇門來迎接這個女兒，可不知為什麼，每次一回到這個家來，總不免妄想說不定她會突如其來地打開門對她喊著：「你回來了。」只是那些終歸是她自己的不切實際罷了。

她轉身把帶回來的行李拿進房裡攤開整理，順勢跌進鋪有米黃色床罩的單人床，此刻睡意就這樣襲捲而來，是因為回到家的安心？還是因為她可以把母親隔離在兩扇門的距離外呢？沒多久白色天花板就這樣漸漸變得矇矓不清……當意識慢慢回到現實世界，耳邊好像可以聽見窗外傳來滴答聲，是窗子鐵條發出被雨水沖打的聲音。

她睜開眼，原來天色已黑，外頭果然下起了雨。這些天來每到夜晚，總會下起陣雨，雖然短暫，但雨勢卻來得又急又猛。起身打開房門，發現客廳怎是一片漆黑，父親還沒回來嗎？看著牆上的時針已快走到7的位置，到底是怎麼一回事？父親是不是被什麼事給耽擱了。

看著母親房門底下的細縫透出亮光，應該是醒著的？她打開電燈，讓光明重新降臨在這個客廳，打開電視，隨意轉換頻道，尋找能夠打發時間的節目，最後焦點還是停留在HBO的西洋影集上，一直以來好像都是如此。不論推陳出新的節目有多少，唯一能讓她心平氣和地守在電視機前面的，還是只有「電影」這個選項，沒有第二個選擇了。當電視畫面出現激烈的車陣追逐戰時，一旁的電話響起。「喂～」這時，正播放到車子被猛烈地撞擊，還刻意營造出大火竄燒，濃煙瀰漫的嚴重場景……

當她和母親趕到醫院時，父親正在急診室進行急救。是車禍，父親在回來的路上，被一樁酒醉撞車事件殃及到。一名早已醉得分不清東南西北的三十出頭男子，在知道自己闖下大禍，被警察偵訊時，早已嚇得精神恍惚搞不清是怎麼回事。是啊，一陣瘋狂的酒精麻醉後，他原本還擁有迷醉的絢麗色彩，怎麼知道一醒來就被告知，你撞了人，而那人正躺在急診室裡，過不久，你就要被冠上刑事罪名。不論所得到的診療結果是什麼，都得背負起所謂的「法律責任」，不論你有再多的陳情藉口，就是要為自己所犯的錯誤負起責任。

而另一位受害駕駛人更顯得理直氣壯，不時睜著怒目瞪著肇事者，嘴裡還在不停地咆哮：「媽的，到底會不會開車？我看你到底多會喝，現在撞死人，我看你賠不賠得起？他媽的，我也真是倒楣，遇上你這王八蛋，現在你倒沒事啊，卻把我害得頭上腫了個大包，看你要怎麼賠償，就保佑我這顆腦袋沒留下什麼後遺症，否則你就吃不完兜著走⋯⋯我怎麼會這麼倒楣啊~~」

這連珠帶炮的怒罵聲，讓她覺得反感不耐，一心只想把眼前所有的人，要全部的人都消失在眼前。這個世界在此刻讓她感到深惡痛極，巴不得世界末日就是現在。她只想要這一切全部消失，在眼前咻一下就消失不見，這樣有多好，有多好。

淚水不停地滴落，止不住的速度在這還繼續規律運轉的地球上，默默地滴落，一顆接著一顆，世界末日怎麼還沒來？怎麼還不來？父親走了。去到世界的另一頭。她得要在好久好久的以後才能再見到他，才能親口對他說：「想他，好想好想他。」

當醫生從急診室出來，一張漠然、戴著金邊鏡框，兩頰有明顯痘疤坑洞的中年面孔，操著簡單明瞭、專業絲毫不挾雜任何情緒的語句，宣告傷患急救不治，請家屬節哀順便之類的話，如此簡短的幾句話就把父親的一生做了個終止。

父親的一生到最後就讓這幾句話交代過去～～她受不了！在日光燈亮晃晃的走道上，徹底地解放自己，放聲嘶吼尖叫，這是第一次也是最後一次，她赤裸裸地讓原始本能佔據了自己，她不知道原來心痛起來竟是這麼痛。她快喘不過氣來，心像是被人用力地緊揪住，好痛好痛。她不能呼吸～不能呼吸……

當她吃力地撐開沉重的眼皮，心想或許剛才只不過是南柯一夢，其實父親還好好的活著，活在她能看到的這個世界上。然而當瞥見母親面無表情地坐在病床腳邊的椅子上時，她的淚水瞬間濡溼了淡綠色的枕頭套，她知道那是事實，父親走了。永遠不會出現在她面前了……

她不知道自己是怎麼熬過這三年的，要接受父親去世的事實，足足花了她三年的時間。那段期間她總會不自覺地在路上搜尋父親的身影，仔細端詳每個從身旁走過的路人，好確定那張並不是自己所眷戀的面孔；接起電話便開始期望是父親的溫和語氣，明知希望一定落空，但在掛上電話後，她便又開始期待下一通。每晚入睡前她非得吞下好幾顆安眠藥，才能不用看見父親在夢中那張蒼白怨懟的臉孔；早晨清醒時，總要花費更大的心力，來驅逐思念父親的想像。這些行為模式她必須日復一日用來套在自己身上，否則她實在沒辦法去面對這個沒有父親的世界。

甚至有好長一段時間，她害怕聽見電話的鈴聲，恐懼滴答下墜的雨聲，這會讓她不禁想起父親出事的那一晚。明明世界還在規律地運轉著，突然，在鈴聲和雨聲交會的片刻，她便失去了至親至愛。

於是她拿起話筒，斷了鈴聲；將音樂音量調到最大，隔絕了雨聲。雖然現在她已經沒有什麼好失去了，但體內的悲慟卻會因它們，而一次又一次地被喚醒。那段歲月走到後來，她才漸漸習慣那些聲音，讓它們同這個世界一樣被踩在腳底下，可以堅定平穩地走過去，但失去父親的傷口始終隱隱作痛。

父親走後，她和母親之間的連結也就這樣斷了訊，隨同父親一起隱沒在世界的盡頭，消失得不見蹤影。那三年在她的思緒中，絲毫就沒有餘裕的空間去顧慮到母親，更何況一開始她們就不存在著這種親密的對等關係。直到今年接近年關的某一天，距離父親去世也已經有這麼長的時間了，她突然接到母親的來電。即使完全斷了聯絡，也沒有再踏進只剩母親一人的家中，然而心中對母親的感應能力，仍然有著天性般的熟悉。母親依舊是字正腔圓、不急不徐的說話語氣，簡短地說出：「這陣子找個時間回家一趟，替妳爸上個香。」

不是命令也不是商量更不是責備的語氣，只不過像是白開水般無色無味，咕嚕般自然而然提出來而已。她想，她是該回去的，三年了，已經好久好久沒有回去那個家，突然想要看看那個失去父親的家會變成什麼模樣。打包好行李，開著車隨著稀少的車流北上。沒有刻意，但今天的日期剛好就是三年前回家的那一天，而天空竟也同樣漫著陰暗潮溼的氣候，她想唯一不同的是：「父親不會在家了。」。

回到家，看見眼前的屋宅，活脫脫就像是從她腦海中，把房子的樣貌搬出來而已，絲毫沒有任何變化。老實說，這讓她感到心安竊喜，原來它一直在等著她回來。掏出鑰匙插進鑰匙孔轉動，「喀啦」推開門，撲鼻而來的竟是一陣陣飯菜香，廚房傳來鍋鏟翻攪著炒菜鍋的摩擦聲、水槽裡碗盤碰撞的聲響，這在在讓她驚訝不已，這是怎麼也不可能會發生的事情，不可能？這是最不可能會在這個家所發生的事。鼻子所聞到是瀰漫在這屋子裡，一股全然屬於媽媽的味道；但腦子卻怎麼也無法連結起真實的情況，感覺自己的感官知覺被剝離開來，好像已不屬於同一個人所有。

她輕聲走到廚房，母親熟悉的背影正彎著背，舀起一小匙鮮魚湯品嚐味道，她到那刻才發現原來母親是多麼適合擔任賢妻良母的角色。那抹身影在廚房裡竟然是那麼地貼切，無關過去在她身上所流露出多少的自私自利，她從不知道原來母親竟是那麼適合在廚房，烹煮出一桌白煙裊繞的菜餚。原來她的母親至少還有一項，是和其他媽媽相同的特徵，至少還有那麼一項呀。

她無聲站在門邊好一會兒，母親才發覺到她的歸來。當母親轉頭回眸那一瞬間，在那張依舊是冷漠表情的臉上，她看見了。不敢置信地看見那絲稍縱即逝的笑容，雖然淡得像是只扯起一公分的弧度，但她是真的第一次看見屬於母親臉上的笑意。

說不上心裡到底是什麼感覺，也許是連感覺都稱不上吧，因為驚訝早已佔據了她的情感知覺。反觀母親的反應，仍是沉默地低頭張羅午餐，還是像以前一樣，沒有絲毫對她的在意。

一股怒氣油然而生，她轉身走進房間，用力甩上房門，發出一記劃破空氣中香味的巨響，突然覺得自己十足像個傻瓜，被母親玩弄於股掌之間。可是她更氣自己的不爭氣，已經過了多少年，為什麼還學不乖，為什麼就無法坦然面對她的漠然，到底她得活在母親的陰影下多久呢？

她恨母親，可是更恨自己的無能。中午的空氣中透露著一種寂靜的窒息感，是怎麼也沒辦法驅趕的。母女倆無言地在餐桌前對坐著，一口一口慢慢地咀嚼送進嘴裡的飯菜，她承認母親有一手好廚藝，可是現在這種用餐氣氛卻令她難以下嚥。

這一刻她實在恨不得馬上放下碗筷躲進房內，偏偏椅子下的雙腳，卻沉重地讓她舉步維艱。她不想認輸，不想在母親面前落荒而逃，絕對不允許自己輸給了母親，絕對不行～～～她出神地望著桌上那一盤盤經由母親雙手炒出來的菜色。

此時說也奇怪，眼睛所注視的焦點突然變得異常模糊，她使勁地想眨掉這令她感到為難不適的視線，可是情況卻愈來愈糟糕。她連忙低下頭假裝扒著碗裡的白飯，企圖想粉飾平復自己的糗態，然而事情的發展卻和她唱反調。她根本就沒有哭，一點想掉淚的感動也沒有，著實不明白這一顆顆滑落臉頰的淚珠是怎麼一回事？盡力想克制住顫抖的身軀，她猜想母親應該正用嘲弄的眼神，盯著自己的一舉一動，抱著看好戲的心態在等待她的出糗。是的，對於母親的反應，她就只能懷有這樣的期待，畢竟，她已得到太多太多的絕望。

突然之間，她覺得自己竟比母親還要悲哀，一個淒涼的母親所承載的孤獨是那麼沉重，那麼身為女兒的她，所得到的悲哀是不是就沒有所謂的量稱限制呢？突然思及，是不是母親對於外婆也懷有這樣的怨恨，所以她也被如此對待？她不懂為什麼這樣的命運會降臨在自己身上？雖然極度想切割掉這條生命線，急迫地想儘快結束這場可笑的人生。

可是為什麼現在她就是忍不住想哭，就連為什麼會流淚，她本身也搞不清楚，是因為這頓作夢也想不到的午餐；是因為在這一棟沒有父親的老房子裡思念父親；是因為感慨自己必定孤獨一生的淒涼？現在她什麼事也沒辦法釐清，只是純粹地讓體內的水分，經由眼角這個出口化成淚水，緩緩流出靜默流下……

這時天空似乎預感了她的淚水，也開始下起了雨，起先只是微弱地掉下幾滴，慢慢地，雨絲和雨絲間的距離愈縮愈近，到後來便合而為一，從天的彼端直線垂落到了地面。雨滴敲擊窗簷的聲音從窗口傳進來，一聲、二聲、三聲⋯⋯隨著數字的漸增，她彷彿又開始拼湊起對父親的思念。此刻，一隻修長的手，小心翼翼地撫摸著她烏黑的髮絲，瞬間她的身軀像是觸電般抖動了一下。這雙手的觸感，不知已經在午夜夢迴時想像過幾千幾萬遍了。

在她小時候的夢中，母親會牽起她的小手，大手拉小手走過屋外的巷弄小路，帶她走進掛有生鏽掉漆招牌的冰店，共同吃一碗甜蜜的紅豆牛奶冰，然後會因放進口中的美味而相視微笑。

這個夢常常出現在她的夢中，經過了多年，如今她卻無法把頭上那隻手和夢境的那隻手連結起來，是因太過於不真實，也因為這夢境已離她太遠太遠了。可以明顯感受到身旁母親僵直的身體，也許這小小的舉動對她而言猶如登天般困難。

「對不起。」從母親口中說出這簡短的三個字，裡頭好像承載了幾千斤重似的，那麼艱澀那麼遲來，她不知道這句話的意義可以包含些什麼，也不確定她們母女倆，是不是還會有像現在這般近距離的相處機會。好多事她都無法了解，此刻唯一明白的是，這一次她真的有回家的感覺，回到屬於爸、媽和她三個人的家。窗外的雨勢將這個家全然包覆住，就如同一團龐大的純白繭絲，將他們困在裡頭，任誰也沒辦法走出去。但是這場雨會停止；而她也會在放晴的時候，走出家門再度出發。

現代文學 39

# 那，下雨的日子

作　　者：多娜
美　　編：林育雯
封面設計：林育雯
執行編輯：張加君
出 版 者：博客思出版事業網
發　　行：博客思出版事業網
地　　址：臺北市中正區重慶南路1段121號8樓14
電　　話：(02)2331-1675或(02)2331-1691
傳　　真：(02)2382-6225
E—MAIL：books5w@gmail.com、books5w@yahoo.com.tw
網路書店：http://bookstv.com.tw/
http://store.pchome.com.tw/yesbooks/
博客來網路書店、博客思網路書店、
華文網路書店、三民書局
總 經 銷：聯合發行股份有限公司
電　　話：(02)2917-8022　傳真：(02)2915-7212
劃撥戶名：蘭臺出版社　帳號：18995335
香港代理：香港聯合零售有限公司
地　　址：香港新界大蒲汀麗路36號中華商務印刷大樓
C&C Building, #36, Ting Lai Road, Tai Po, New Territories, HK
電　　話：(852)2150-2100　傳真：(852)2356-0735
總 經 銷：廈門外圖集團有限公司
地　　址：廈門市湖裡區悅華路8號4樓
電　　話：86-592-2230177
傳　　真：86-592-5365089
出版日期：2017年7月 初版
定　　價：新臺幣250元整（平裝）
ISBN：978-986-94866-1-3



國家圖書館出版品預行編目資料

那，下雨的日子 / 多娜 著 --初版--
臺北市：博客思出版事業網：2017.7
ISBN：978-986-94866-1-3（平裝）

857.63　　　106008329